I0544508

SCHUTZ FÜR JULIE

SEALs of Protection, Buch Acht

SUSAN STOKER

Copyright © 2020 Susan Stoker
Englischer Originaltitel: »Protecting Julie (SEAL of Protection Book 6.5)«
Deutsche Übersetzung: Catharina Preuss für Daniela Mansfield Translations 2020
Alle Rechte vorbehalten. Dies ist ein Werk der Fiktion. Namen, Darsteller, Orte und Handlung entspringen entweder der Fantasie der Autorin oder werden fiktiv eingesetzt. Jegliche Ähnlichkeit mit tatsächlichen Vorkommnissen, Schauplätzen oder Personen, lebend oder verstorben, ist rein zufällig.
Dieses Buch darf ohne die ausdrückliche schriftliche Genehmigung der Autorin weder in seiner Gesamtheit noch in Auszügen auf keinerlei Art mithilfe elektronischer oder mechanischer Mittel vervielfältigt oder weitergegeben werden.
Titelbild entworfen von: Chris Mackey, AURA Design Group
eBook: ISBN: 978-1-64499-093-3
Taschenbuch: ISBN: 978-1-64499-094-0

Besuchen Sie Susan im Netz!
www.stokeraces.com
facebook.com/authorsusanstoker
twitter.com/Susan_Stoker
bookbub.com/authors/susan-stoker
instagram.com/authorsusanstoker
Email: Susan@StokerAces.com

EBENFALLS VON SUSAN STOKER

SEALs of Protection

Schutz für Caroline

Schutz für Alabama

Schutz für Fiona

Die Hochzeit von Caroline

Schutz für Summer

Schutz für Cheyenne

Schutz für Jessyka

Schutz für Julie

Schutz für Melody (Demnächst erhältlich!)

Die Delta Force Heroes:

Die Rettung von Rayne

Die Rettung von Emily

Die Rettung von Harley

Die Hochzeit von Emily

Die Rettung von Kassie

Die Rettung von Bryn

Die Rettung von Casey

Die Rettung von Wendy

Die Rettung von Sadie

Die Rettung von Mary (Demnächst erhältlich!)

Ace Security Reihe:

Anspruch auf Grace

Anspruch auf Alexis

Anspruch auf Bailey (Demnächst erhältlich!)

KAPITEL EINS

Julie schreckte im Bett hoch und schnappte erschrocken nach Luft. Sie rollte sich über die Kante ihres Doppelbettes und landete mit einem dumpfen Schlag auf dem Boden. Sofort kroch sie zur Wand und rollte sich dort zu einer kleinen Kugel zusammen. Sie schlang die Arme um ihre Beine und zog sie zusammen, während sie den Kopf zwischen die Knie steckte und schluchzte.

Es war fast einen Monat her, dass sie davon geträumt hatte, wieder in Mexiko zu sein. Julie hatte gehofft, dass die Albträume endlich aufgehört hätten, aber offensichtlich war es kein magisches Allheilmittel gewesen, auf die andere Seite des Landes nach Kalifornien zu ziehen und ihr Leben dort neu zu beginnen. Sie liebte ihren Vater von ganzem Herzen und wusste, dass alles, was er getan hatte, aus Sorge und Liebe zu *ihr* geschehen war. Aber sie hatte vermutet, dass es vielleicht daran lag, dass sie immer noch im selben Haus und in derselben Stadt gelebt hatte, in der sie aufgewachsen und entführt worden war, dass sie nach wie vor von dieser Hölle träumte, die sie durchgemacht hatte. Mit achtundzwanzig Jahren war sie alt genug, um aus dem Haus ihres Vaters auszuziehen und auf eigenen Beinen zu stehen.

Aber in diesem Moment, als die Erinnerungen an das zurückkamen, was mit ihr passiert war, wünschte sie sich, wieder zurück im Haus ihres Vaters zu sein, wo sie sich trotz der anhaltenden Albträume immer sicher gefühlt hatte. Julie wusste, dass es keinen Sinn ergab ... Sie war nach Kalifornien gezogen, um den Albträumen zu entkommen, aber als sie noch zu Hause gelebt hatte, konnte sie jederzeit ihren Vater wecken, und er hätte mir ihr geredet und sie getröstet, bis sie sich besser fühlte.

Sie war jetzt ein komplett anderer Mensch, nicht mehr die naive junge Frau, die vor etwa anderthalb Jahren entführt und fast an einen Prostitutionsring in Mexiko verkauft worden war. Julie erinnerte sich nicht gern daran, wie sie sich verhalten hatte, als der Navy SEAL sie gefunden und gerettet hatte.

Sie hatte vor Angst fast den Verstand verloren und es an der anderen Frau ausgelassen, die mit ihr im selben Höllenloch festgehalten worden war und alles, was ihnen widerfahren war, tausendmal besser gehandhabt hatte als sie.

Julie holte langsam tief Luft und erinnerte sich an das, was ihr Therapeut gesagt hatte. Wenn sie Panikattacken bekam und überwältigt war, musste sie sich aufs Atmen konzentrieren. Ein. Aus. Ein. Aus. Langsam, aber sicher spürte Julie, wie ihr Herzschlag sich beruhigte und das Adrenalin in ihrem Körper nachließ.

Sie stand auf und stützte sich auf der Matratze ab, als sie um das Fußende ihres Bettes herum in das kleine Badezimmer ging, das an das ebenso kleine Schlafzimmer angeschlossen war. Julie spritzte sich etwas Wasser ins Gesicht und stützte sich mit den Händen aufs Waschbecken. Wasser tropfte von ihrem Kinn, als sie in den Spiegel sah.

Beim Anblick ihrer Reflexion zuckte sie zusammen. Sie hatte Falten auf der Stirn. Ihre Augen waren leicht blutunterlaufen und ihr kurzes braunes Haar hing ihr schlaff ins Gesicht. Ihre Wangen waren eingefallen. Obwohl sie seit ihrer Zeit in den Händen der Entführer wieder zugenommen hatte, wusste sie, dass sie aufgrund der Albträume und der

Tatsache, dass sie nicht richtig aß – selbst Monate nach ihrer Rettung noch –, immer noch zu dünn war.

Mit ihren ein Meter siebenundfünfzig Körpergröße war sie von Natur aus klein, aber mit kaum mehr als fünfundvierzig Kilogramm Gewicht sah sie noch zerbrechlicher aus.

»Reiß dich zusammen, Julie«, sagte sie mit fester Stimme zu sich selbst und starrte sich im Spiegel an. Sie seufzte und griff nach dem Handtuch, das neben der Dusche hing. Sie trocknete sich das Gesicht ab und ging zurück ins Schlafzimmer, wo sie die Decke zurückschlug und wieder ins Bett kletterte.

Julie dachte über ihre Pläne für den Tag nach. Sicher hatte das dazu beigetragen, dass sie den Albtraum hatte. Es war an der Zeit. Sie hatte es viel zu lange aufgeschoben, aber jetzt war es endlich so weit.

Nachdem sie aus Mexiko zurück nach Hause gekommen war und einige Male einen Therapeuten gesehen hatte, den ihr Vater für sie organisiert hatte, wusste Julie, dass sie die Mitglieder des SEAL-Teams finden musste, die sie gerettet hatten, um sich bei ihnen zu bedanken. Aber egal wie sehr sie ihren Vater um Hilfe gebeten hatte, er hatte behauptet, dass es keine Möglichkeit gab, die SEALs ausfindig zu machen. Er hatte ihr vorgeschlagen, mit ihrem Leben weiterzumachen.

Ironischerweise war es eine ihrer Bekannten gewesen, die ihr die Informationen gegeben hatte, damit sie mit ihrem Leben weitermachen *konnte*.

Stacey Kellogg war die Tochter eines Senatorenkollegen von Julies Vater. Sie kannte Stacey von den vielen politischen Veranstaltungen, an denen sie mit ihren Familien teilgenommen hatten. Sie war Mitglied desselben Country Clubs in Virginia und sie hatten in der Vergangenheit sogar ein paarmal zusammen Tennis gespielt.

Julie war entsetzt gewesen, als Stacey von ihrem Ex-Freund entführt worden war. Anscheinend hatte er entschieden, dass Stacey mit niemandem mehr zusammen sein sollte, wenn er nicht mit ihr zusammen sein konnte. Anderthalb Wochen war er mit ihr auf der Flucht gewesen. Julie kannte nicht alle Details über das, was sie durchgemacht hatte, aber nach dem zu urteilen, was sie wusste, musste es eine entsetzliche Tortur gewesen sein.

Die Tatsache, dass sie beide gegen ihren Willen festgehalten worden waren, gab Julie den Mut, auf

Stacey zuzugehen. Obwohl ihre Situation nicht genau die gleiche war, nahm sie an, dass sie etwas Einzigartiges miteinander verband. Vor einigen Monaten, bevor sie nach Kalifornien gezogen war, hatte sie Stacey im Country Club aufgesucht. Stacey hatte gerade gegessen, als Julie auf sie zugegangen war und nach dem Austausch einiger oberflächlichen Nettigkeiten darum gebeten hatte, allein mit Stacey sprechen zu dürfen.

Sie waren zu einer Sitzgruppe mit bequemen Sesseln in der Ecke des großen Aufenthaltsraumes gegangen und hatten über eine Stunde lang miteinander geredet. Julie wusste, dass Stacey mit einem Navy SEAL liiert war, der an ihrer Rettung beteiligt gewesen war. Sie hoffte, dass er ihr irgendwie dabei helfen könnte, die anderen SEALs zu finden, die sie gerettet hatten. Stacey hatte ihr nichts versprechen können, aber zugestimmt, ihren Freund, Diesel Bonds, zu fragen. Sie hatten Telefonnummern ausgetauscht und nachdem Julie eine Woche lang nichts von Stacey gehört hatte, war sie davon ausgegangen, dass die Angelegenheit im Sande verlaufen war.

Aber schließlich hatte Stacey ihr eine SMS geschickt und um ein Treffen gebeten. Julie war zugleich überrascht und erfreut gewesen. Sie hatten sich in einem Restaurant getroffen und Julie war erstaunt über den wunderschönen Mann gewesen, der Stacey begleitet hatte.

Nachdem sie sich an einen kleinen Tisch gesetzt hatten, sagte Stacey freundlich: »Hey Julie, es ist schön, dich wiederzusehen.«

»Hallo Stacey. Danke gleichfalls.«

»Das ist Diesel. Wir haben letzte Woche über ihn gesprochen.«

Julie nickte und streckte ihre Hand zur Begrüßung aus. »Ich bin erfreut, dich kennenzulernen. Danke für deinen Dienst an unserem Land. Ich weiß, dass es etwas klischeehaft klingt, aber es kommt von Herzen.«

»Keine Ursache.«

Diesel schüttelte ihre Hand und legte seinen Arm wieder über Staceys Stuhllehne. Es war, als würde er sie beschützen, und Julie konnte nicht anders, als sie zu beneiden, einen Mann zu haben, der sie vor allem und jedem beschützen wollte.

Stacey redete nicht lange um den heißen Brei herum. »Du wolltest wissen, wer dich gerettet hat.«

Julie nickte und presste nervös die Lippen zusammen.

»Warum?«, fragte Diesel sie.

»Weil ich eine Hexe gewesen bin«, antwortete

Julie ehrlich. »Wir befanden uns mitten im mexikanischen Dschungel. Ich war verletzt, ich hatte Schmerzen, ich hatte Hunger und eine Todesangst. Da kam plötzlich dieser Typ in die Hütte, in der ich festgehalten wurde. Er hat mich überrumpelt und ich habe mich verhalten, als wollte er mich aus einer Kneipe abschleppen.« Angewidert von sich selbst schüttelte sie den Kopf und erinnerte sich an ihr Verhalten an diesem Tag im Dschungel.

»Da war noch eine andere Frau, die viel länger dort gewesen war als ich. Als ich sie gesehen habe, bin ich ausgeflippt. Ich wusste, dass ich das sein könnte. Als mir bewusst wurde, wie lange sie schon dort war, wurde mir klar, wie tief ich in der Scheiße saß. Also habe ich gegen sie ausgeteilt. Ich war unhöflich und zickig. Ich wollte nur noch aus dem Dschungel und aus dem Land heraus. Ich wollte nach Hause. Es ist mir peinlich zuzugeben, dass die andere Frau sich so viel besser verhalten hat als ich, obwohl sie verletzt war und unter Drogen stand. Ihr Zustand war viel schlechter als meiner, und das wusste auch der SEAL, der uns gerettet hat. Ich habe befürchtet, dass er vielleicht glauben könnte, ich könnte noch länger durchhalten, und mich im Dschungel zurücklassen würde. Es war dumm von mir, so zu denken. Natürlich hätte er mich nicht zurückgelassen. Aber dadurch habe ich mich nur noch schlechter verhalten.«

Verlegen senkte Julie den Blick. Ihre Stimme wurde zu einem Flüstern. »Ich schäme mich, dass ich mich nicht einmal bei ihnen bedankt habe. Sein Team ist mit einem Hubschrauber aufgetaucht und der SEAL wurde verletzt, als wir in den Hubschrauber gezogen wurden. Ich habe mir nicht einmal die Mühe gemacht, mich umzudrehen und mich nach ihm zu erkundigen oder wenigstens Danke zu sagen. Zu keinem von ihnen.«

»Warum glaubst du, dass sie das von dir hören wollen?«, fragte Diesel emotionslos.

Julie sah zu dem harten Mann vor ihr auf und mied dabei Staceys Blick. Sie zwang sich, Augenkontakt mit Diesel zu halten. »Ich bin mir sicher, dass sie es nicht hören wollen. Ich weiß, dass sie alle froh waren, mich endlich wieder los zu sein. Ich kann mir vorstellen, wie sie über mich geredet haben müssen, nachdem ich weg war. Ich weiß, dass es egoistisch ist, aber ich muss das tun. Ich ...« Julie verstummte, nicht sicher, was sie noch sagen könnte, damit dieser Super-SEAL sie verstehen würde.

»Ich weiß nicht, welches Team dich rausgeholt hat. Es war nicht SEAL Team Sechs, soviel ich weiß. Wir reden untereinander nicht über unsere Missionen. Selbst innerhalb der SEAL-Organisation sind die Einsätze streng geheim. Aber ich kenne jemanden. Er heißt Tex und lebt hier in Virginia. Er war früher ein SEAL, wurde aber aus medizinischen Gründen in den Ruhestand versetzt, nachdem er auf einer Mission einen Teil seines Beines verloren hatte. Ich werde ihn anrufen und fragen, ob er weiß, welches Team dich gerettet hat. Er scheint alles über jeden zu wissen. Aber ich kann dir nicht garantieren, dass er es mir sagt.«

Julie richtete sich auf ihrem Stuhl auf. »Ich weiß, aber ich weiß es sehr zu schätzen, dass du überhaupt nachfragst. Wirklich. Ich weiß, dass ich immer noch egoistisch bin. Niemand, der bei klarem Verstand ist, würde mich nach meinem Verhalten wiedersehen wollen, aber ich schwöre, dass ich jetzt ein anderer Mensch bin«, sagte sie ernst.

»Du musst mich nicht überzeugen, Julie«, sagte Diesel sanft. »Menschen können sich bei Geiselnahme und in Rettungssituationen unberechenbar verhalten. Deine Erinnerung daran ist vielleicht schlimmer, als es eigentlich war.«

»Das glaube ich nicht«, sagte Julie ehrlich. »Ich war ziemlich schrecklich.«

»Hey, ich habe gehört, dass du umziehst«, sagte Stacey und versuchte, das Thema zu wechseln.

»Ja. Ich kann nicht länger hier wohnen bleiben. Ich liebe meinen Vater, aber es ist Zeit für mich, meinen eigenen Weg zu gehen. Ich kann Politik nicht ausstehen und mein Vater liebt das Thema über alles. Ich fühle mich, als bekäme ich keine Luft mehr, wenn ich weiter in seinem Haus wohne. Ich muss raus und etwas Nützliches mit meinem Leben anfangen. Seine Hausherrin und Gastgeberin für seine politischen Veranstaltungen zu sein erfüllt mich einfach nicht mehr. Ich muss ... etwas zurückgeben.«

»Zurückgeben?«

Julie versuchte, es zu erklären. »Ich habe das Gefühl, dass ich eine zweite Chance im Leben bekommen habe. Diese Männer haben mich gefunden und mir die Möglichkeit gegeben, ein besserer Mensch zu werden. Im ersten Moment war ich mir dessen nicht bewusst gewesen, aber ich bin bereit zu beweisen, dass ich nicht mehr die egoistische Hexe bin, die ich im Dschungel war und mit ziemlicher Gewissheit auch gewesen bin, bevor ich entführt wurde.«

»Ich bin mir sicher, dass du nicht so schlimm gewesen sein kannst«, protestierte Diesel.

»Danke, aber doch, das war ich«, sagte Julie reumütig. »Obwohl ich mir wünsche, dass ich im

Land umherziehen und ohne Hilfe selbst meinen Lebensunterhalt verdienen könnte, weiß ich, dass ich das nicht kann. Also hilft mein Vater mir. Meine Idee ist es, nach Kalifornien zu ziehen und eine gemeinnützige Organisation zu gründen.«

»Ach wirklich? Ich könnte mir vorstellen, dass das schwieriger ist, als es sich anhört. Braucht man dazu nicht einen Abschluss in Betriebswirtschaftslehre oder so?«

Julie nickte. »Ja, wahrscheinlich. Aber wie gesagt, mein Vater hilft mir. Er hat Freunde, die mir bei den Formalitäten, dem Marketing und dem täglichen Geschäft helfen können. Er wird sie bezahlen, bis mein Geschäft richtig läuft und ich die Gehaltszahlungen übernehmen kann.«

»In welchem Bereich willst du tätig werden?«

»Ich habe ein paar Talkshows gesehen und da ich ein Händchen für Mode habe, bin auf die Idee gekommen, eine Art Gebrauchtwarenladen für Designerkleidung zu eröffnen. Ich denke, viele Frauen in Kalifornien haben eine Menge Geld und wahrscheinlich viele Kleider, die sie nicht mehr tragen. Ich will sie dazu bringen, sie an meinen Gebrauchtwarenladen zu spenden. Ich könnte versuchen, so viel wie möglich zu verkaufen und auch Outfits an Leute auszuleihen, die zum Beispiel elegante Kleidung für Vorstellungsgespräche brauchen. Den Gewinn, der nach allen Ausgaben übrig bleibt, könnte ich an verschiedene Institutionen spenden, die Frauen in Not helfen.«

Für einen Moment herrschte Stille am Tisch, bevor Julie eilig hinzufügte: »Ich weiß, es klingt ein bisschen dumm, aber ich konnte an nichts ...«

»Es klingt nicht dumm«, unterbrach Stacey sie schnell. »Ich finde es großartig. Es ist eine tolle Idee.«

»Nun, es ist nicht so, als würde ich es allein auf die Beine stellen. Ich werde zu Anfang das Geld und die Kontakte meines Vaters brauchen, aber ich hoffe, dass ich, sobald das Geschäft läuft und ich eine Menge dazu gelernt habe, im Laufe der Zeit mehr und mehr selbst dazu beitragen kann, bis ich schließlich hundertprozentig die Verantwortung und die laufenden Ausgaben übernehmen kann.«

»Ich denke, es ist eine wundervolle Idee«, sagte Stacey entschlossen.

»Vielen Dank.« Julie sah erleichtert auf, als die Kellnerin sich ihrem Tisch näherte. Das Gespräch war ziemlich unangenehm für sie geworden.

Sie bestellten Sandwiches und es wurde nicht mehr über SEALs, Rettungseinsätze oder Wohltätigkeitsorganisationen gesprochen, während sie aßen.

Als sie sich voneinander verabschiedeten, schüttelte Diesel Julie die Hand und hielt sie für einen Moment fest.

»Ich war nicht dabei, als du gerettet wurdest, aber wenn du die SEALs triffst, die dir geholfen haben, dann lass sie die Frau sehen, die heute mit uns zu Mittag gegessen hat. Sie werden dir vergeben.«

»Glaubst du wirklich?« Julies Stimme klang leise und besorgt.

»Ja.«

»Danke, Diesel.«

»Ich hoffe, du bleibst mit Stacey in Kontakt und erzählst ihr, wie es dir in Kalifornien ergeht.«

Julie sah Stacey an. »Ja, das wäre schön.«

»Finde ich auch«, stimmte Stacey zu. »Viel Glück mit allem.«

»Vielen Dank.«

Julie hatte Stacey und Diesel hinterhergesehen, als sie über den Parkplatz zu seinem Sportwagen gegangen waren. Sie hatte beobachtet, wie Diesel die Beifahrertür geöffnet und gewartet hatte, bis Stacey eingestiegen war. Julie hatte geseufzt. In ihrem alten Leben wäre Julie vielleicht eifersüchtig gewesen und hätte versucht, mit Diesel zu flirten oder ihn Stacy sogar auszuspannen, aber jetzt nicht mehr. Sie waren ein großartiges Paar und obwohl Julie sie um ihre enge Beziehung beneidete, hatte sie sich für Stacey gefreut.

Es war großartig gewesen zu sehen, dass Stacey nach ihrer Entführung mit ihrem Leben weitermachte. Julie hatte gelächelt und gewinkt, als Diesel vom Parkplatz des Restaurants gefahren war.

Eine Woche später hatte Julie ihren kleinen Geländewagen gepackt und Virginia verlassen, um quer durchs ganze Land zu fahren. Sie hatte immer noch nichts von Diesel oder jemandem namens Tex gehört, aber sie konnte es kaum erwarten, dass sie sich bei ihr meldeten. Es war an der Zeit, ihr neues Leben in Kalifornien zu beginnen.

Etwa anderthalb Monate, nachdem sie in Riverton angekommen war, hatte sie endlich einen Anruf von dem Mann bekommen, den Diesel Tex genannt hatte. Die Nummer des Anrufers war unterdrückt gewesen, aber Julie war trotzdem rangegangen.

»Hallo?«

»Ist da Julie Lytle?«

»Ja, wer spricht da?«

»Mein Name ist Tex. Diesel Bonds hat mir gesagt, dass Sie Fragen zu Ihrem Rettungseinsatz haben.«

Der Mann am anderen Ende der Leitung hatte eine tiefe Stimme und einen Südstaatenakzent. Er klang fast etwas gelangweilt. Julies Herz begann sofort, schneller zu schlagen.

»Ja. Ich wollte mich bei den Männern bedanken, die den ganzen Weg nach Mexiko geflogen sind, um mich zu retten.«

»Dasselbe hätten sie für jede andere Person auch getan.«

Julie zuckte zusammen. Wow, dieser Tex-Typ nahm kein Blatt vor den Mund. »Ich weiß. Aber ich ... ich war gemein zu ihnen. Und ich fühle mich schlecht. Ich habe mich nicht einmal bedankt, als sie mich gerettet haben, und ich möchte, dass sie wissen, dass ich ihnen dankbar bin für alles, was sie getan haben.«

»Ich kann Ihnen die Namen der Männer nicht mitteilen«, sagte Tex unverblümt.

Enttäuscht entgegnete Julie: »Oh, okay.«

»Aber ich kann Ihnen die Telefonnummer ihres Kommandanten geben. Sie können mit ihm sprechen, und wenn er es für angemessen hält, wird er den Kontakt zu den SEALs herstellen.«

»Okay. Ja, das klingt großartig«, schwärmte Julie.

»Sie sollten sich nicht zu früh freuen«, warnte Tex. »Kommandant Hurt ist dafür bekannt, die

Männer unter seinem Kommando vor allem und jedem zu schützen. Wenn Sie mich fragen, besteht vielleicht eine dreißigprozentige Chance, dass Sie den Männern persönlich danken können. Hurt wird Ihnen wahrscheinlich sagen, dass er die Nachricht für Sie weiterleiten wird.«

»Das ist besser als gar keine Chance«, sagte Julie entschlossen.

Tex lachte leise. »Das nenne ich Optimismus.«

»Ja, das ist mehr, als ich gestern um diese Zeit hatte.«

»Das stimmt.«

»Ich danke Ihnen.«

»Danken Sie mir noch nicht. Sie haben noch einen harten Weg vor sich.«

Julie richtete sich auf. »Das kann ich schaffen.«

»Viel Glück. Also, haben Sie einen Stift?«

Julie wühlte in ihrer Handtasche herum und holte einen Stift und einen Kassenbon von einem Fast-Food-Restaurant heraus, wo sie zu Mittag gegessen hatte. »Bereit.«

Tex gab ihr die Telefonnummer und wünschte ihr noch einmal viel Glück.

Jetzt lag Julie auf ihrem Bett und dachte an die letzten anderthalb Monate zurück und wie sich ihr Leben verändert hatte. Sie versuchte, sich von dem Albtraum und der anschließenden Panikattacke zu erholen. Morgen würde sie diesen Kommandant-Hurt-Typen anrufen und ihn dazu bringen, sie mit den SEALs sprechen zu lassen, die sie gerettet hatten. Kein Problem.

Sie schloss die Augen und versuchte, sich zu entspannen. Sie versuchte, sich einzureden, dass sie nicht so nervös war wie noch nie zuvor in ihrem Leben. Als die Sonne schließlich aufging, war Julie kaum entspannter als in dem Moment, in dem sie aus ihrem Albtraum aufgewacht war.

KAPITEL ZWEI

»Hallo?«

»Äh, hi. Mein Name ist Julie und ...«

»Woher haben Sie diese Nummer?« Patrick Hurt wurde nicht oft überrascht, aber eine unbekannte weibliche Stimme aus dem Hörer seines Bürotelefons zu hören war ungewöhnlich. Und er mochte es nicht, wenn etwas ungewöhnlich war.

»Tex hat sie mir gegeben. Ich heiße Julie Lytle ...«

»Tex? Warum zum Teufel sollte Tex Ihnen meine Nummer geben?«

»Wenn Sie mich ausreden lassen würden, könnte ich es Ihnen erklären.«

Patrick hielt ein wutschnaubendes Gelächter zurück, das ihm zu entweichen drohte. Es war schon lange her, dass ihm jemand so ... frech geworden war. Als Kommandant eines Elite-SEAL-Teams war er es gewohnt, mit Respekt angesprochen zu werden. »Wenn es sein muss ... dann sagen Sie es mir.« Er hörte, wie die Frau tief Luft holte, bevor sie fortfuhr.

»Wie ich schon sagte, mein Name ist Julie Lytle. Ich habe Ihre Nummer von Tex bekommen und ich wollte mich bei den Navy SEALs bedanken, die mich aus der Hölle gerettet haben. Tex hat mir gesagt, dass Sie ihr Kommandant sind. Ich weiß, dass Sie mir wahrscheinlich nicht ihre Namen geben können, aber ich würde sie gern treffen, um mich persönlich dafür zu bedanken, dass sie mir das Leben gerettet haben.«

»Nein.«

»Ich würde es wirklich zu schätzen ... äh ... nein?«

»Genau. Nein. Die Missionen der SEALs sind streng geheim. Es würde gegen das Protokoll verstoßen, sich mit ihnen auf ein Stelldichein zu treffen, nur damit Sie sich bedanken können. Es ist ihr Job. Das ist alles.«

»Zunächst einmal verstehe ich, dass die Missionen streng geheim sind, aber da ich selbst *dabei* war, ist es für *mich* kein Geheimnis. Zweitens ist es mir egal, ob es nur ihr Job ist. Es das erste Mal, dass ich gerettet werden musste, und für *mich* war es nicht nur ein Job. Und drittens muss ich Ihnen geradeheraus sagen, dass ich eine Hexe gewesen bin und dass ich das wieder in Ordnung bringen muss.«

Patrick lehnte sich in seinem Bürostuhl zurück und fuhr sich mit der Hand durch seine dunklen Haare. Er konnte diese Scheiße nicht gebrauchen. »Hören Sie, Julie, so war doch Ihr Name? Ich bin froh, dass Sie gerettet wurden, das bin ich wirklich. Aber glauben Sie nicht, dass die Tatsache, dass Sie eine Hexe waren, bedeutet, dass die Männer Sie gar nicht sehen, geschweige denn Ihren Dank hören wollen?«

»Ja«, erwiderte sie sofort und Patricks Respekt vor der mysteriösen Frau stieg etwas. Sie fuhr fort: »Ich weiß, dass sie es nicht wollen, aber sie haben es verdient und ich schwöre, dass ich nicht unausstehlich sein werde. Ich werde nicht um sie herumscharwenzeln und ich werde nicht zur Presse gehen. Wir können uns irgendwo in einer Seitenstraße treffen, wenn Sie sich dadurch wohler fühlen. Ich will nur ...« Sie verstummte.

Patrick sagte nichts und wartete ab. Wie er erwartet hatte, fing sie wieder an zu reden, um die unangenehme Gesprächspause zu füllen.

»Ich sollte an ein paar wirklich angsteinflößende Typen verkauft werden. Sie hatten mich bereits auf das vorbereitet, was auf mich zukommen würde, und glauben Sie mir, der Gedanke daran, das Ablassventil für die Gelüste wer weiß wie vieler Männer zu sein, ist kein angenehmer. Ihr Team hat mich vor einem Schicksal gerettet, das schlimmer ist als der Tod, und ich möchte ihnen nur ein Mal in die Augen sehen und sagen: ›Danke, dass Sie mir mein Leben zurückgegeben haben.‹«

Patrick biss die Zähne zusammen und fluchte innerlich. Julie Lytle. Bei dem Namen klingelte etwas, jetzt, wo sie über die Mission sprach.

Er hatte viel über die berüchtigte Julie gehört und sie hatte recht, sie war eine Hexe gewesen. Er wusste, dass Cookie und die anderen ihren Dank tatsächlich nicht würden hören wollen. Sie waren froh gewesen, nichts mehr mit ihr zu tun zu haben, nachdem sie Julie an ihren Vater übergeben hatten. Ganz zu schweigen davon, dass Patrick nicht glaubte, dass es für Fiona förderlich wäre, die Erinnerung an das Geschehene wieder aufzuwärmen. Auf keinen Fall wollte er riskieren, dass sie einen weiteren Rückfall bekam.

Aber da war eine Art ... Aufrichtigkeit ... in Julies Stimme, die er noch nicht bei vielen Opfern gehört hatte, die sie gerettet hatten. Patrick war ziemlich gut darin, den Charakter einer Person einzuschätzen. Das musste er sein, nachdem er selbst ein SEAL gewesen war und jetzt das Team hinter den Kulissen kommandierte.

»Julie, ja, ich erinnere mich an Sie und ich will ehrlich sein. Ich glaube nicht, dass die Männer Sie wiedersehen wollen.«

»Oh. Okay.« Julies Stimme wurde leiser und Patrick merkte, dass sie den Tränen nahe war. »Ich weiß es zu schätzen, dass Sie sich die Zeit genommen haben, mit mir zu sprechen. Wenn es nicht zu viel verlangt ist, können Sie den Männern bitte wenigstens sagen, dass ich angerufen habe, und ihnen meinen Dank ausrichten? Es ist nicht dasselbe, aber es ist besser als nichts.«

Innerhalb von Sekundenbruchteilen traf Patrick eine Entscheidung, die er hoffentlich nicht bereuen würde. »Donnerstagnachmittag, sechzehn Uhr, ich werde mich mit Ihnen treffen und wir können darüber reden. Wenn ich danach denke, dass Sie es ehrlich und aufrichtig meinen und aus den richtigen Gründen tun, werde ich in Betracht ziehen, ein Treffen mit den Männern zu arrangieren.«

»Ich werde da sein. Wo treffen wir uns?«

»Pacific Beach bei La Jolla.«

»Okay. Wie kann ich ...«

»Ich werde Sie finden«, sagte Patrick, da er wusste, was sie fragen wollte. Er konnte leicht herausfinden, wie sie aussah. Es war nicht so, als wäre ihre Entführung ein Geheimnis gewesen. Es war überall in den Medien gewesen, nachdem sie nach Hause zurückgekehrt war.

»Großartig, dann sehen wir uns in ein paar Tagen. Und Kommandant Hurt, vielen Dank. Sie wissen gar nicht, was mir das bedeutet.«

»Donnerstag. Bis dann.«

»Auf Wiederhören.«

»Auf Wiederhören.«

Patrick legte den Hörer auf und schob die Hände hinter seinen Kopf, als er sich in seinem Stuhl zurücklehnte. Im Allgemeinen war er kein Mann, der Überraschungen mochte, und er hatte sich gerade auf eine riesige Überraschung eingelassen. Er hatte nicht wirklich einen Plan, er würde auf sein Bauchgefühl hören müssen. Wieder kam ihm das SEAL-Motto in den Sinn: *Der einzige einfache Tag war gestern*. Wie wahr.

Julie lächelte, als sie auflegte. Sie wusste, dass noch nicht alles in trockenen Tüchern war, aber im Moment fühlte sie sich ausgezeichnet. Das Treffen mit dem SEAL-Kommandanten brachte sie ihrem

Unterfangen einen Schritt näher, das Unrecht zu korrigieren, das sie getan hatte. Sie musste sich jetzt nur noch mit diesen SEALs treffen, um danach diese Episode ihres Lebens endgültig hinter sich lassen und sich auf ihr neues Leben konzentrieren zu können.

Im letzten Monat hatte sie härter gearbeitet als jemals zuvor und sie hatte jede Sekunde geliebt. Sie hatte ein paar Country Clubs ausfindig gemacht und mehrere Frauengruppen angesprochen. Die beiden Frauen und der Mann, die ihr Vater engagiert hatte, um ihr zu helfen, waren wundervoll.

Sie hatten ihr dabei geholfen, einen süßen kleinen Laden in Mission Valley zu finden. Sie hatte ein Logo entworfen und den Laden dekoriert. Ein paar gemütliche Sessel sorgten dafür, dass ihre Kunden oder deren Partner es sich bequem machen konnten. Daneben hatte sie einen kleinen Tisch mit kostenlosem Kaffee und kleinen Snacks aufgebaut. Die gespendete Kleidung wurde professionell gereinigt und danach ausgestellt. Es sah ehrlich gesagt eher aus wie eine kleine Boutique anstatt wie ein Secondhandladen.

Das Geschäft lief wirklich gut. Julie wusste, dass ihr bisheriger Erfolg vor allem auf die Hilfe ihres Vaters zurückzuführen war, aber sie hatte sich auch den Hintern aufgerissen. Den Großteil ihres Tages verbrachte sie entweder damit, sich mit Leuten zu treffen, um ihr Interesse zu wecken, oder neue Kontakte zu knüpfen. Sie war auch zu anderen Secondhandläden in der Gegend gefahren und hatte die Regale nach Designerkleidung abgesucht, die sie kaufen und damit ihre eigenen Regalen füllen konnte.

Julie hoffte, durch die neuen Kontakte, die sie knüpfte, weiter wachsen und das Interesse an ihrem Unternehmen steigern zu können. Sie hatte mit der Leitung einiger Frauenhäuser in der Gegend gesprochen und für die nächste Woche ein Treffen mit der Leiterin eines örtlichen Jungen- und Mädchenklubs organisiert. Es gab auch ein Jugendzentrum, das Julie sich ebenfalls ansehen wollte. Ihre Idee, schicke Kleidung für Vorstellungsgespräche an bedürftige Frauen zu verleihen, hatte sie dahingehend erweitert, dass sie auch Kleider an Teenager spenden wollte, die es sich zum Beispiel nicht leisten konnten, ein neues Kleid für ihren Abschlussball zu kaufen.

Die Glocke über der Ladentür klingelte, als drei Frauen hereinkamen. Julie schob ihre Aufregung beiseite, dass sie sich in ein paar Tagen mit Kommandant Hurt treffen wollte, und wandte sich an die Frauen, um sie im Laden willkommen zu heißen.

»Hallo, willkommen bei *My Sister's Closet.* Schauen Sie sich um. Alle diese Kleider wurden gespendet und sind echt. Versace, Hermès, Ralph Lauren, Prada, Kate Spade, Chanel, Gucci ... nennen Sie mir eine Marke, wir haben alles. Die Preise werde Sie überzeugen. Wenn Sie Fragen haben, können Sie sich jederzeit an mich wenden. Die Umkleidekabinen befinden sich da hinten und wenn Sie möchten, können Sie sich gern eine Tasse Kaffee nehmen.«

Die Frauen nickten ihr höflich zu und gingen zu den Regalen, um zu stöbern. Julie konnte nicht anders, als ihre Unterhaltung zu hören, als sie lachten und miteinander scherzten.

»Oh mein Gott, Caroline, sieh dir das an, das wäre bezaubernd für dich.«

»Was? Auf keinen Fall, Alabama. Das Teil ist doch schrecklich.«

»Aber es ist Vera Wang.«

»Ist mir egal, es ist trotzdem hässlich.«

Die Frauen lachten und schauten sich weiter im Laden um. Julie unterdrückte ein Schluchzen. Sie vermisste es, mit ihren Freundinnen abzuhängen. Zugegeben, sie war mit ihren sogenannten Freundinnen in Virginia nie so eng befreundet gewesen wie es bei dieser Gruppe der Fall zu sein schien, aber dennoch. Sie hatte so viel gearbeitet, dass sie bisher noch keine Zeit gehabt hatte, in Kalifornien neue Bekanntschaften zu schließen. Sie würde bald etwas dagegen unternehmen müssen.

Julie wandte sich dem Computerbildschirm vor ihr zu und versuchte, nicht unhöflich zu wirken, indem sie die Unterhaltung der drei Frauen im hinteren Teil des Ladens belauschte. Die leise Musik konnte ihr fröhliches Geschwätz aber nicht übertönen.

»Glaubt ihr, das würde Sam gefallen?«, fragte eine der Frauen die anderen.

»Oh ja. Machst du Witze? Er wird dich da rausholen wollen, sobald er dich sieht.«

Alle kicherten.

Nach einer Stunde im Laden kam das Trio schließlich zur Kasse, um zu bezahlen.

»Haben Sie alles gefunden, was Sie wollten?«

»Auf jeden Fall, dieser Laden ist toll. Mir hat fast alles gefallen, was ich in meiner Größe gefunden habe. Wir werden auf jeden Fall wiederkommen.«

Julie ratterte ihren Routinespruch herunter, während sie die Sachen scannte. »Ja, wir bekommen ständig neue Ware, weil alles hier aus

Spenden stammt. Wenn Sie also Designerkleidung zu Hause haben, die Sie entweder nicht mehr wollen oder die nicht mehr passt, nehme ich sie Ihnen gern ab. Alle Spenden sind steuerlich absetzbar und natürlich erhalten Sie eine Quittung. Außerdem arbeiten wir mit den örtlichen Frauenhäusern zusammen, um Frauen kostenlose Outfits für Bewerbungsgespräche zur Verfügung zu stellen. Und ab dem nächsten Frühjahr möchte ich den gleichen Service für Teenager anbieten, die es sich nicht leisten können, sich ein neues Kleid für den Schulball zu kaufen.«

»Wow, wirklich? Das ist großartig«, sagte eine der Frauen. »Ich habe keine Designersachen, das ist einfach nicht mein Stil, aber ich wette, dass einige der Frauen auf dem Stützpunkt etwas spenden könnten. Zusammen mit den anderen Frauen und den Männern können wir bestimmt Leute finden, die etwas spenden.«

»Das wäre toll«, schwärmte Julie. »Hier ist meine Visitenkarte. Ich kann die Sachen auch abholen, wenn das einfacher ist. Schreiben Sie einfach eine E-Mail oder rufen Sie an, wir kümmern uns um den Rest.«

»Mein Name ist Caroline. Das sind Alabama und Summer«, sagte die Frau und streckte ihre Hand aus.

Julie schüttelte ihre Hand und sagte: »Schön, Sie kennenzulernen. Ich bin Julie.«

»Wir haben Ihren Laden noch nie gesehen, sind Sie neu hier?«

»Ja, ich bin vor ungefähr anderthalb Monaten von der Ostküste hierhergezogen. Ich richte mich immer noch ein, aber bis jetzt gefällt es mir hier.«

Summer lachte. »Ja, was könnte einem hier auch nicht gefallen. Sonne, Sand und heiße Seeleute.«

Alle kicherten. Julie kassierte zu Ende ab und reichte den drei Frauen die Einkaufstüten. »Danke noch mal, dass Sie meinen Laden besucht haben. Über etwas Mundpropaganda würde ich mich freuen. Um ehrlich zu sein, geht es mir nicht darum, Geld mit dem Laden zu verdienen, ich möchte anderen helfen.«

Summer sah sie kritisch an, sagte aber nichts.

Julie fuhr schnell fort, es genauer zu erklären: »Ich weiß, das klingt so, als wollte ich damit prahlen oder es nur aus Werbegründen tun, aber so ist es nicht, wirklich. Ich brauchte eine Veränderung in meinem Leben. Mein Vater hilft mir bei der Finanzierung des Geschäfts, also bin ich in dieser Hinsicht abgesichert. Ich hatte ein sehr einschneidendes Erlebnis und mir wurde geholfen. Jetzt möchte ich es einfach zurückgeben und anderen helfen. Karma und so, Sie wissen schon.«

»Nun, das scheint mir ein geeigneter Weg zu sein. Wir wünschen Ihnen viel Glück. Ich bin sicher, Sie werden uns hier bald wiedersehen. Beim nächsten Mal kommen wir mit unseren Freundinnen.«

»Freundinnen?«

»Ja«, mischte sich Caroline jetzt ein. »Wir sind insgesamt sechs. Wir sind wie eine Frauenclique oder so. Unsere Männer sehen uns nicht sehr oft so gut angezogen, aber ich glaube, wenn wir ein paar tolle Kleider finden, könnte sie das aus ihren SEAL-Socken hauen.«

»SEAL?« Julie konnte nicht anders als nachzufragen. Scheinbar hatten alle hier SEALs im Kopf.

»Ja. Wir sind alle mit SEALs liiert. Es ist ein harter Job, aber jemand muss ihn ja machen ... das meine ich ernst«, meldete Alabama sich zum ersten Mal zu Wort. Alle Frauen lachten, und Julie winkte ihnen hinterher und lächelte, als sie den Laden verließen.

Zuerst dachte Julie, es wäre Schicksal, dass in dem Augenblick, in dem sie nach ihrem Gespräch mit Kommandant Hurt den Hörer aufgelegt hatte, ausgerechnet drei Frauen in ihren Laden kamen, die mit SEALs zusammen waren, aber dann zuckte sie mit den Schultern. Sie war mitten im SEAL-Land. Alles in allem war es nicht wirklich außergewöhnlich.

Der Rest des Tages verging ziemlich schnell. Ein paar weitere Kunden kamen herein und Julie versuchte, sich in ihrem Kopf die Worte zurechtzulegen, die sie zu dem Kommandanten sagen würde, wenn sie sich in ein paar Tagen mit ihm traf. Sie musste ihm klarmachen, dass sie ein anderer Mensch geworden war. Anders als vor all den Monaten, als seine SEALs sie gerettet hatten.

Sie hatte in seiner Stimme gehört, dass er genau darüber Bescheid wusste, was sie getan hatte, über all die schrecklichen Dinge, die sie seinem Team und der anderen Frau angetan hatte, die mit ihr zusammen gerettet worden war.

Schnell verdrängte Julie die Schuldgefühle wieder. Sie war jetzt anders. Sie würde ihn dazu bringen, es zu sehen. Er würde ein Treffen mit den Männern arrangieren, die sie gerettet hatten, und dann könnte sie mit ihrem Leben weitermachen. Es war ein Kinderspiel.

KAPITEL DREI

Julie saß auf der kleinen Mauer am Strand und beobachtete die Wellen, die ans Ufer schlugen. Es waren überraschend viele Menschen am Strand. Julie war eine gute Schwimmerin, hatte bisher aber noch keine Zeit gehabt, die örtlichen Strände zu erkunden. Dieser hier war perfekt. Es gab viel Sand und nicht so viele Steine, wie es an vielen Stränden an der Westküste der Fall zu sein schien. Es sah auch so aus, als wäre das Wasser in Strandnähe recht flach und wurde nicht schlagartig tief. Dadurch konnten Kinder unbehelligt im seichten Wasser spielen und sich freuen, wenn die Wellen entlang der Küste über sie krachten. Etwa dreißig Meter vom Ufer entfernt schien es auch eine Sandbank zu geben.

Es waren mehrere Surfer im Wasser. Die Wellen waren nicht sehr hoch, schließlich war das hier nicht Hawaii, aber einige waren groß genug, sodass die Surfer aufstehen und einen Moment auf ihnen reiten konnten, bevor sie brachen. Julie vermutete, dass die meisten ernsthaften Surfer wahrscheinlich früh am Morgen an den Strand kamen. Zumindest hatte sie das immer gehört. Sie hatte keine Erfahrung aus erster Hand und wusste ehrlich gesagt nicht, was deren Lieblingszeit war.

Julie sah auf die Uhr. Sie war früh dran. Früher war sie fast nie pünktlich gewesen, aber jetzt, wo sie sich mit Leuten traf, für die Zeit Geld bedeutete, hatte sie es sich angewöhnt, immer etwa zehn Minuten früher zu kommen. Es war höflich, das zu tun. Sie wollte nicht, dass jemand ein Geschäft mit ihr ausschlug, nur weil sie zu spät zu ihrer Verabredung gekommen war.

Sie sah sich um und baumelte mit den Füßen. Ihre Zehen berührten kaum den Sand unter ihr. Sie hatte ihre Flipflops ausgezogen, als sie sich gesetzt hatte, um die Nachmittagssonne auf ihren Beinen und Zehen zu genießen. Es war schwer gewesen zu entscheiden, was sie anziehen sollte. Julie wollte aufrichtig und ehrlich wirken, hatte aber keine Ahnung, wie sie das anstellen sollte. Sie hatte sich für eine kurze Jeans entschieden, die ihr bis zu den Knien reichte. Dazu trug sie ein hellrosa Trägerhemd. Es war nicht zu aufreizend und zeigte nicht zu viel Haut, schien aber für einen Tag mit dreißig Grad Celsius perfekt zu sein. Mit einem ihrer Geschäfts-Outfits hätte sie verklemmt und unaufgeschlossen gewirkt, aber sie wollte auch nicht aussehen wie ein Flittchen.

Selbst nachdem Julie ein paar Tage Zeit gehabt hatte, darüber nachzudenken, was sie sagen wollte, war sie keinen Deut schlauer als in dem Moment, in dem Kommandant Hurt das Treffen mit ihr vereinbart hatte. Nach zwei weiteren Albträumen und vielen schlaflosen Stunden hatte sie sich schließlich entschieden, sich darüber nicht mehr den Kopf zu zerbrechen.

Patrick saß in seinem Wagen und beobachtete Julie. Sie saß auf der Sicherheitsmauer, die am Strand entlang verlief. Sie lächelte über die Späße der Kinder in ihrer Nähe und schaute gelegentlich auf die Uhr und auf den Parkplatz. Sie sah genauso aus wie auf den Bildern, die Tex ihm geschickt hatte, aber irgendetwas an ihr war anders. Patrick konnte es aber noch nicht ausmachen. Schließlich stieg er aus dem Wagen aus und ging zu ihr. Er wusste, dass er es nicht länger hinauszögern konnte.

Er hatte keine Ahnung, wie er sich entscheiden und ob er einem Treffen mit Cookie und den anderen Männern zustimmen würde, aber vorerst würde er ihr eine Chance geben, sich zu erklären. Am Telefon hatte sie aufrichtig geklungen, und wenn es dieses Treffen war, was sie brauchte, um ihre schrecklichen Erlebnisse zu überwinden, wie sollte er das ablehnen?

»Hallo. Sie müssen Julie sein.«

Mit einem Lächeln sah sie ihn an und sprang von der Mauer hinunter in den Sand. Unbeholfen bückte sie sich, um ihre Schuhe aufzuheben, und lächelte ihn weiter an. »Ja«, antwortete sie und streckte ihm eine Hand entgegen. »Julie Lytle. Kommandant Hurt?«

»Patrick. Nennen Sie mich Patrick.« Er schüttelte ihr die Hand, erfreut über ihren festen Händedruck.

»Patrick also. Schön, Sie kennenzulernen. Vielen Dank, dass Sie sich dazu bereit erklärt haben, sich mit mir zu treffen. Das bedeutet mir viel.«

Er zuckte mit den Schultern. »Das ist das Mindeste, was ich tun kann.«

»Nicht wirklich, aber trotzdem danke. Also ...« Ihre Stimme wurde leiser, als sie sich umsah. »Wo wollen wir ...«

»Wie wäre es, wenn wir ein Stück gehen?«, schlug Patrick vor.

»Okay.«

Patrick hatte sich darauf vorbereitet, am Strand spazieren zu gehen, und ein altes Paar Flipflops angezogen. Leichtfüßig war er über die Mauer gestiegen, auf der Julie noch vor einem Moment gesessen hatte.

»Wow, Sie sind groß«, kommentierte sie trocken und musterte ihn von oben bis unten. Er trug ein dunkelblaues T-Shirt, unter dem sein riesiger Bizeps herausschaute. Er war vielleicht Kommandant und ging selbst nicht mehr auf Missionen, aber offensichtlich war er immer noch in Topform. Er trug knielange Cargoshorts mit Löchern, eines über seinem linken Knie und eines am linken Oberschenkel. Die Hose war abgenutzt und sah verdammt bequem aus. Dazu trug er eine Sonnenbrille. Das Gesamtpaket erinnerte sie an Tom Cruise in dem Film *Top Gun*.

Er grinste Julie an. Jetzt, wo sie beide auf dem Sand standen, konnte Patrick sehen, wie klein sie war. Er hatte ihre Maße in dem Bericht von der Mexikomission gelesen, aber ihren ein Meter siebenundfünfzig großen Körper persönlich zu sehen war etwas anderes. »Ein Meter fünfundachtzig mag Ihnen groß erscheinen, aber im Gegensatz zu vielen meiner Kollegen bin ich ehrlich gesagt nicht sehr groß.«

Sie zuckte mit den Schultern. »Okay, wenn Sie das sagen.«

Sie gingen den Strand entlang. Beide schienen es nicht eilig zu haben, also gingen sie langsam. Schließlich kam Julie auf den Grund zu sprechen, warum sie sich getroffen hatten. »Ich gehe davon aus, dass Sie sich über alles informiert haben, was auf der Mission in Mexiko passiert ist.« Sie wusste, dass es keinen Sinn hätte, ihr Verhalten herunterzuspielen. Das würde auf den Kommandanten nur so wirken, als würde sie ihre Fehler nicht einsehen. »Aber ich möchte erklären, was passiert ist und wie ich dorthin gekommen bin – die wahre Geschichte, nicht den Mist, den die Medien erfunden haben ... bevor Sie eine Entscheidung treffen ... wenn das in Ordnung ist.«

Sie sah, wie er nickte, und fuhr schnell fort, bevor sie die Nerven verlor.

»Ich war mit einer Gruppe von Freundinnen in einer Bar. Es waren keine richtigen Freundinnen, nur Leute, die ich kannte, Töchter und Bekannte anderer Politiker, die mit meinem Vater zusammenarbeiten. Wir haben uns fast jedes Wochenende getroffen, um etwas Dampf abzulassen. Ich weiß, ich sollte zu alt für diesen Mist sein, und welchen Grund hatten wir überhaupt, Dampf ablassen zu müssen, aber das war es, was wir getan haben. Ich bin alleine zur Toilette gegangen, was ungewöhnlich für ein Mädchen ist.«

Mit einem kleinen Lächeln sah sie zu Patrick hinüber, aber er sah sie nicht einmal an. Sein Blick war auf den langen Strand vor ihnen gerichtet. Sie seufzte, als sie fortfuhr, und beschloss, sich ihre zusätzlichen Kommentare, die ihn offensichtlich nicht interessierten, zu sparen und auf den Punkt zu kommen.

»Als ich aus der Toilette kam, hat mich jemand von hinten gepackt und mir eine Nadel in den Arm gesteckt, bevor ich überhaupt daran denken konnte, zu schreien oder mich zu wehren. Er hat mir eine Hand über den Mund gelegt und mich zur Hintertür hinausgezerrt, die sich direkt neben den Toiletten befand. Ich wurde auf den Rücksitz eines Autos geworfen und wir fuhren los, noch bevor ich reali-sieren konnte, wie mir geschah. Und dann war es zu spät. Was auch immer er mir in die Adern gespritzt hatte, fing an zu wirken. Ich kann mich nur noch daran erinnern, dass die Männer Spanisch gespro-chen haben, bevor ich ohnmächtig wurde.

Ich habe keine Ahnung, wie lange ich weggetreten war, aber als ich aufgewacht bin, habe ich mich splitternackt und gefesselt an ein Feldbett wiedergefunden. Ich hatte Durst und Angst und ich hatte Schmerzen. Ich hörte wieder jemanden Spanisch sprechen und dann sah ich einen Mann. Direkt über mir. Er starrte mich an, während er mich vergewaltigte. Ich war immer noch verwirrt und verstand nicht, was los war. Ich lag nur da, verwirrt und total verängstigt. Nachdem drei weitere Männer an der Reihe gewesen waren, lösten sie schließlich meine Handgelenke, warfen mir meine Kleidung zu und sagten, dass ich mich anziehen soll. Dann führten sie mich zu einer dunklen Hütte mitten im Dschungel. Ich wusste weder, in welchem Land ich war, noch, was eigentlich vor sich ging.«

Julie spürte, wie Patrick sie leicht am Arm berührte. »Kommen Sie, wir sollten uns hinsetzen.«

Sie schaute zu Patrick, der in Richtung eines großen Baumstamms gestikulierte, der am Strand lag. Sie gingen hinüber und Julie war dankbar, als Patrick ihr eine Hand gab, um ihr zu helfen, auf den Baumstamm zu klettern und sich hinzusetzen. Er setzte sich neben sie und verschränkte die Arme vor der Brust. Seine Schuhe ließ er in den Sand unter ihnen fallen.

»Wenn es zu schmerzhaft ist, müssen Sie nicht weitererzählen.«

»Nein, ich möchte, dass Sie wissen, warum mir das so wichtig ist.«

Patrick nickte und schaute ihr in die Augen.

Julie sah keine Kritik in seinen Augen, holte tief Luft und fuhr fort.

»Da war ich also mitten in einer dunklen Hütte und hatte keine Ahnung, wo ich war oder was los war. Die andere Frau in der Hütte versuchte, mit mir zu sprechen, versuchte, mich zu trösten, aber ich konnte nur weinen. Ich habe nichts von dem gehört, was sie mir sagen wollte. Ich war komplett in mich gekehrt und wollte sie nicht hören. Ich wusste, dass ich wirklich in Schwierigkeiten steckte, wenn sie tatsächlich schon so lange dort war, wie sie behauptete. Ich wusste, dass ich nicht dazu in der Lage sein würde, drei Monate lang auszuhalten, was diese Leute mit mir vorhatten. Als dann Ihr SEAL kam, wollte ich nur noch da raus. Überall wäre es besser als in dieser verdammten Hütte, wo sie mich wieder und wieder vergewaltigen würden. Als er dann irgendwie die Anwesenheit der anderen Frau bemerkte, bekam ich Angst. Ich hatte Angst, dass diese Schweine uns finden und Ihren SEAL töten könnten, sollte er sich die Zeit nehmen, um uns beide dort rauszuholen. Dann würden sie mich wieder fesseln und mich weiter verletzen.«

Julie wischte sich die Tränen ab, die sie unbemerkt vergossen hatte, und versuchte, nicht schluchzend zusammenzubrechen, während sie fortfuhr: »Ich habe ihn gebeten zu ignorieren, was er gehört oder gesehen hatte. Ich hatte lediglich einen Tunnelblick und wollte nur noch so schnell wie möglich aus dieser Hölle verschwinden. Ich schäme mich so sehr für das, was ich getan habe. Von allem, was dort unten passiert ist, ist es das Einzige, was ich nicht aus dem Kopf bekommen kann. Wenn er auf mich gehört hätte, wäre diese arme Frau immer noch gefangen. Sie wäre ...« Julie verstummte. Sie konnte nicht einmal aussprechen, was mit der anderen Frau passiert wäre, wenn sie sie zurückgelassen hätten.

»Gott sei Dank hat er nicht auf mich gehört. Er ist zur anderen Seite der Hütte gegangen und hat die andere Frau herausgeholt, bevor wir uns auf den Weg durch den Dschungel machten. Es ist keine Entschuldigung, aber ich habe mich schrecklich gefühlt. Ich hatte nichts gegessen, ich hatte Angst und ich habe unverzeihlich böse Dinge gesagt. Ich wusste, dass die andere Frau stärker war als ich. Sie war so gut zu mir. Sie hat sogar versucht, mich dazu zu bringen, mehr zu essen, als mir zustand. Ich wusste, dass sie sich schuldig fühlte, weil der SEAL geschickt worden war, um mich zu retten und nicht sie, und ich denke, zu diesem Zeitpunkt habe ich genauso gedacht. Aber ich schwöre Ihnen, ich wollte ihr niemals etwas Böses oder dass sie verletzt wird.«

Julie sah zu dem sexy Mann auf, der neben ihr saß und nichts sagte und sich nicht anmerken ließ, was er dachte.

»Als ich gesehen habe, dass er blutete, als er in den Hubschrauber gezogen wurde, wusste ich, dass es auch mich hätte treffen können. Als sie mich an meinen Vater übergeben haben, habe ich mich nicht einmal verabschiedet, geschweige denn bedankt. Ich bin einfach weggegangen und habe nicht mehr zurückgeschaut. Ich war so verdammt dankbar, wieder in den Armen meines Vaters zu sein, dass ich an nichts anderes denken konnte. Erst Stunden später konnte ich anfangen, über das Geschehene nachzudenken und mich zu schämen. Von allen Seiten bekam ich zu hören, wie mutig ich gewesen war und wie schrecklich die Sache war, die mir widerfahren ist, aber ich kannte die Wahrheit.«

»Und was ist die Wahrheit?«, fragte Patrick.

»Dass ich ein Feigling war. Alles, was ich in meinem Leben getan habe, war für mich. Ich war egoistisch und eingebildet und egozentrisch. Diese andere Frau war mir egal. Ich wollte nur *mich selbst* aus der Situation retten. Der SEAL war mir egal, ich wollte nur aus dem Dschungel raus. Die anderen Männer seines Teams waren mir egal, ich könnte Ihnen nicht einmal sagen, wie sie aussahen. Ich habe mich nur um mich selbst gesorgt.«

»Ich denke, jeder in Ihrer Situation hätte genauso reagiert.«

»Ja, das habe ich häufig gehört, aber ich weiß, dass es eine Lüge ist.«

»Eine Lüge?«

»Ja«, sagte Julie. »Weil ich dabei war. Ich habe diese andere Frau gesehen. Sie war nicht so. Ihre erste Sorge galt Ihrem SEAL. Sie hat sich sogar Sorgen um mich gemacht, und ich hatte ihr Mitgefühl mit Sicherheit nicht verdient. Ihr SEAL war nicht so. Er war bereit dazu, sein Leben für mich zu riskieren, obwohl ich es nicht verdient hatte.«

»Julie, ich glaube nicht ...«

»Nein, ich habe recht. Aber ich versuche, mich zu ändern. Ich versuche es wirklich. Ich weiß, viele Leute halten mich für festgefahren und sehen nur die Tochter eines reichen Vaters. Ich bin sogar mit dem Geld meines Vaters hierher umgezogen. Ohne ihn hätte ich mein Geschäft nicht eröffnen können, also bin ich in gewisser Weise immer noch genauso egoistisch. Aber ich hoffe, dass ich mit dem, was ich jetzt tue, um anderen zu helfen, daran etwas ändern kann.«

Julie schluckte und beendete rasch ihre Rede. »Ich möchte nur das tun, was ich vor all diesen Monaten hätte tun sollen. Ein einfaches Dankeschön. Allen Männern von Angesicht zu Angesicht sagen, wie sehr ich es schätze, was sie für mich getan haben und was sie ständig für unser Land tun. Ich werde nicht viel ihrer kostbaren Zeit in Anspruch nehmen und ich weiß, dass sie es wahrscheinlich von mir nicht hören wollen. Aber ich wäre dankbarer, als Sie es sich jemals vorstellen können, wenn Sie mir dabei helfen könnten.«

»Ich werde Ihnen helfen.«

Julie stieß den Atem aus, den sie angehalten hatte, und spürte wieder Tränen auf ihrem Gesicht. Sie versuchte, sie mit aller Gewalt zurückzuhalten.

»Unter einer Bedingung.«

Oh scheiße. »Alles«, sagte sie ehrlich zu Patrick, sah zu ihm auf und hatte nicht die geringste Ahnung, was er von ihr wollte.

»Gehen Sie mit mir aus.«

KAPITEL VIER

Patrick hatte nicht wirklich im Voraus darüber nachgedacht, was er mit Julie anfangen sollte. Als er sich gegen den Baum lehnte und hörte, was sie bei ihrer Entführung durchgemacht hatte und wie sie jetzt versuchte, ihr Leben zu verändern, begann er, sie zu bewundern.

Es war verrückt. Es war *Julie*. Die Hexe. Er hatte von Cookie und den anderen gehört, wie unausstehlich sie gewesen war. Wie sie Cookie dazu ermutigt hatte, aus der Hütte zu verschwinden, obwohl sie wusste, dass Fiona immer noch an den Boden gefesselt war. Wie sie den ganzen Weg bis zum Hubschrauber gejammert und gemeckert hatte. Und sogar wie sie wortlos weggegangen war.

Je mehr er darüber nachdachte, desto mehr

wusste Patrick, dass das Team es von ihr selbst hören musste. Sie mussten alles erfahren, was sie ihm gerade erzählt hatte. Aber es war ihre Geschichte, nicht seine.

Er würde ihr die Möglichkeit geben, sich bei den Männern zu bedanken, und er würde sie vorwarnen, damit sie ihr eine ehrliche Chance gaben. Als er sah, wie sie sich dazu überwand, ihm ihre Geschichte zu erzählen, konnte er nicht umhin, sie zu respektieren.

Patrick war ein harter Mann. Nach über zwanzig Jahren in der Navy, die meisten davon als SEAL, war er so geworden. Aber noch nie hatte ihn eine Geschichte so bewegt wie die von Julie. Es wäre Cookies Entscheidung, ob Julie sich auch mit Fiona treffen könnte. Er würde keiner der Frauen voneinander erzählen, bis die Männer sich mit ihr getroffen hatten.

»Mit Ihnen ausgehen?«

»Ja. Sie wissen schon ... Abendessen ... vielleicht ein weiterer Spaziergang am Strand ... eine Verabredung.«

Sie sah ihn verwirrt an. »Damit Sie mehr darüber erfahren können, was passiert ist und warum ich so eine Hexe war?«

Patrick trat vor sie und legte seine Hände auf die raue Rinde des Baumes neben ihren Hüften. Er wusste, dass er wahrscheinlich eine Grenze überschritt, nachdem sie ihm gerade ihr Herz ausgeschüttet hatte, und dass er für sie praktisch immer noch ein Fremder war. Er beugte sich vor, damit sie ihn wirklich hörte und merkte, dass er es ernst meinte. »Nein. Denn trotz unseres Altersunterschieds fühle ich mich zu Ihnen hingezogen.«

»Zu *mir*?«

Patrick lachte leise und sah ihr in die Augen. »Zu Ihnen.«

Er sah, wie sie sich bemühte zu verarbeiten, was er gesagt hatte. Ihre Antwort war nicht das, was er erwartet hatte. »Sie sind doch nicht viel älter als ich.«

Er zog sich zurück. »Was denken Sie, wie alt ich bin?«

»Ähm ...« Sie rümpfte die Nase, während sie darüber nachdachte. »Fünfunddreißig?«

Er brach in Lachen aus. Als er sich wieder unter Kontrolle hatte, sagte er zu ihr: »Ich weiß das zu schätzen, aber nein, ich bin nicht fünfunddreißig.«

Als er nichts anderes sagte, fragte sie: »Wie alt sind Sie dann?«

»Ich glaube nicht, dass ich Ihnen das verraten werde.«

»Was? Warum nicht? Ich dachte immer, nur Frauen sind sensibel, wenn es um ihr Alter geht.«

»Ich bin nicht sensibel, aber ich möchte Ihnen keinen Grund geben, Nein zu sagen.«

Das Lachen entwich ihrem Gesicht und sie sah ihn kurz an. »Wenn ich Nein sage, heißt das also, dass Sie mir nicht helfen, das mit Ihren SEALs in Ordnung zu bringen?«

»Nein. Ich kann vielleicht ein Arsch sein, aber ich würde Sie niemals dazu zwingen, mit mir auszugehen. Ich weiß, dass ich gesagt habe, ich würde einem Treffen nur unter einer Bedingung zustimmen, aber ich habe gelogen. Ich werde das Treffen arrangieren, egal ob Sie mich wiedersehen wollen oder nicht.«

»Okay.«

»Okay zu der Tatsache, dass ich über die Bedingung gelogen habe, oder okay, sich mit mir zu verabreden?«

»Beides.«

Patrick nickte, trat ein Stück zurück und streckte die Hand aus. »Kommen Sie, ich bringe Sie zurück zu Ihrem Wagen.«

Julie legte ihre Hand in seine und sprang vom Baumstamm. Patrick ließ sie nicht los und bückte sich, um ihre Schuhe aufzuheben. Er reichte sie ihr und schnappte sich seine. Er hielt weiterhin ihre Hand fest und führte sie auf den Weg zurück zum Parkplatz, auf dem sie gekommen waren.

Julie schwieg eine Weile, sagte dann aber: »Ich weiß gar nichts über Sie ... außer, dass Ihr Name Patrick ist, dass Sie nicht fünfunddreißig sind und dass Sie verantwortlich für ein Navy SEAL-Team sind.«

Patrick bemerkte, dass er sie etwas beruhigen musste, und begann zu erzählen: »Ich heiße Patrick Hurt, mein Spitzname ist Hurt, aus offensichtlichen Gründen. Nein, ich bin nicht fünfunddreißig. Ich war selbst ein SEAL und habe in meinem Leben einige intensive Missionen miterlebt. Es gefällt mir, jetzt hinter den Kulissen zu arbeiten und die Einsätze zu koordinieren. Ich habe mein ganzes Leben hier in Kalifornien verbracht. Meine Eltern leben beide noch, sie wohnen nördlich von Los Angeles. Ich habe keine leiblichen Brüder oder Schwestern, aber es gibt viele Männer und Frauen, die ich als meine Familie bezeichne. Ich war noch nie verheiratet und ich habe keine Kinder.« Er machte eine Pause und sah Julie an. Er wartete, bis sie seinen Blick erwiderte, und fuhr dann fort: »Ich bin nicht impulsiv. Ich denke über alles, was ich tue, lange nach, bevor ich es tue. Missionen, das Abendessen, die Route, die ich nach Hause fahre, wie viele Kalorien ich zu mir nehmen kann, je nachdem, wie viel ich trainiere. Manche Leute nennen mich überorganisiert.«

»Aber …«

Patrick wusste, was sie sagen würde. Darauf hatte er es abgezielt. »Ja, Sie zu fragen war impulsiv und untypisch für mich. Ich will Ihnen damit sagen, dass das keine Verabredung aus Mitleid ist. Und ich habe das auch nicht gesagt, weil ich mehr Informationen aus Ihnen herauskitzeln will. Sie haben ganz einfach mein Interesse geweckt und ich möchte Sie besser kennenlernen. Ich mag *diese* Julie.«

»Ich mag Sie auch.«

»Gut.« Sie waren auf dem Parkplatz angekommen. »Also … ist nächsten Samstag zu früh?«

»Zu früh wofür?«

»Für unsere Verabredung.«

»Ach so, nein. Samstag passt gut. Wie viel Uhr?«

»Wann haben Sie Zeit?«

Julie sah auf und versuchte offensichtlich, sich an ihren Terminkalender zu erinnern. »Um neun Uhr früh bin ich mit der Leiterin eines außerschulischen Programms zur Unterstützung gefährdeter Jugendlicher verabredet. Um zehn öffnet mein Laden. Dann arbeite ich bis vier und habe ein weiteres Treffen mit einer Beraterin an einer Highschool.«

»Sie sind eine sehr beschäftigte Frau«, bemerkte Patrick, als er seine Schuhe anzog.

Sie zuckte mit den Schultern. »Ich vermute, ich bin gern beschäftigt, weil es mich davon ablenkt, zu viel über andere Dinge nachzudenken.«

»Soll ich Sie abholen oder wollen wir uns irgendwo treffen?« Patrick wollte ihr die Wahl lassen. Es war nicht sehr klug, sich bei der ersten Verabredung von einem Mann zu Hause abholen zu lassen. Wenn es nicht funktionierte, wüsste der Mann, wo sie lebt. Er war zwar absolut vertrauenswürdig und würde sie vermutlich in Ruhe lassen, wenn es nicht klick machte, aber letztendlich war es ihre Entscheidung.

Julie biss sich auf die Lippe, als sie über seine Frage nachdachte. Es gefiel ihm, dass sie wirklich darüber nachdachte, bevor sie antwortete. »Ich denke, wir sollten uns irgendwo treffen. Wenn wir uns entschließen, die Dinge vorzeitig abzubrechen, wird es nicht unangenehm werden, wenn Sie mich noch nach Hause fahren müssen.«

Patrick hatte nichts dagegen einzuwenden. »Wie wäre es, wenn wir uns um halb sieben bei dem neuen Steakrestaurant treffen, das hier in der Nähe eröffnet hat?«

»Welches?«

»Das, wo man zu einem Pauschalpreis so viel Fleisch bekommt, wie man essen kann. Sie bringen solange Nachschub an den Tisch, bis man voll ist und ihnen sagt, sie sollen aufhören.«

»Oh, *Fogo de Chao*? Dieses brasilianische Restaurant? Ich habe davon gehört und die Leute sagen, dass es wunderbar ist.«

»Das ist es.«

»Okay.«

»Danach werden wir sehen, wie es weitergeht.«

»Hört sich gut an.«

Julie drehte sich zu ihm um. »Danke, Patrick. Wirklich. Ich weiß, Sie hätten sich heute nicht mit mir treffen und mir zuhören müssen, und mit Sicherheit hätten Sie einem Treffen mit Ihren Männern nicht zustimmen müssen. Aber ich weiß es sehr zu schätzen. Mehr als Sie sich vorstellen können.«

Patrick hob ihre Hand und küsste sie auf den Handrücken. »Gern geschehen. Wir sehen uns Samstagabend. Passen Sie auf sich auf.«

»Das werde ich. Bis dann.«

Patrick sah Julie hinterher, als sie zu ihrem

unscheinbaren Wagen ging und vom Parkplatz fuhr. Er fragte sich kurz, was zum Teufel er eigentlich tat. Aber als er weiter darüber nachdachte, fühlte es sich richtig an. Er war ein Anführertyp. Wenn er eine Entscheidung getroffen hatte, dann würde er sie auch durchziehen.

KAPITEL FÜNF

Am nächsten Freitagnachmittag stand Julie hinter der Kasse in *My Sister's Closet* und telefonierte mit ihrem Vater. Er erkundigte sich häufig, wie es Julie ging, und sie würde es nie wieder für selbstverständlich halten.

»Hallo Daddy. Wie geht es dir?«

»Mir geht es gut. Wie geht es meinem Baby?«

Julie verdrehte die Augen. Seinem Baby. Wie auch immer. »Hier läuft es großartig. Ich habe mich heute Morgen mit der Leiterin eines außerschulischen Hilfsprogramms für Teenager getroffen. Es war eine spontane Sache. Nächste Woche treffe ich mich mit dem Direktor eines anderen Jugendzentrums. Auf dem Weg zur Arbeit bin ich an dem Gebäude vorbeigekommen und habe beschlossen, anzuhalten und zu sehen, ob jemand mit mir sprechen würde. Wir haben eine Vereinbarung getroffen, die beinhaltet, dass einige der älteren Mädchen auf freiwilliger Basis bei *My Sister's Closet* arbeiten. Als Gegenleistung erhalten sie eine Kleiderzulage.«

»Klingt, als würden die Dinge gut laufen.«

»Das tun sie und ich liebe es hier.«

»Das freut mich. Ich habe mir Sorgen um dich gemacht.«

»Ich weiß, und ich weiß das zu schätzen. Was ist bei dir los? Gibt es etwas Neues aus der Welt der Politik?«

»Wo du es schon ansprichst, es gibt Gerüchte, dass Senator Kellogg als Präsident kandidieren will. Er möchte sich aufstellen lassen und hofft auf die Unterstützung der Republikanischen Partei.«

»Wow, wirklich? Das ist Staceys Vater ... richtig?«, fragte Julie ungläubig. »Ist das okay für dich, Dad?«

»Na sicher. Warum auch nicht? Glaubst du, ich würde Präsident werden wollen? Auf keinen Fall.«

Julie atmete übertrieben erleichtert auf. »Alles klar. Dann ist ja gut.«

Sie lachten beide.

Die Türglocke ertönte, als eine Gruppe von Frauen den Laden betrat. »Hey, Daddy, ich muss auflegen. Kunden.«

»Okay, Prinzessin. Pass auf dich auf und vergiss nicht, ab und zu deinen alten Vater anzurufen.«

Es war ein alter Witz zwischen den beiden. »Das werde ich. Ich hab dich lieb, Daddy.«

»Ich dich auch, Baby. Bis bald.«

»Tschüss.«

»Tschüss.«

Julie wandte sich den Frauen zu und war bereit, ihre Standard-Begrüßungsrede herunterzuleiern, als sie die drei Frauen wiedererkannte. »Oh, hallo. Schön, Sie wiederzusehen.«

»Hallo Julie. Wir haben Ihnen ja gesagt, dass wir wiederkommen. Als wir Fiona und den anderen von diesem Laden erzählt haben, wollten sie es selbst sehen.«

»Okay, nehmen Sie sich Zeit und schauen Sie sich in Ruhe um.«

Die Frauen lachten und teilten sich im Laden auf. Sie schauten, was seit ihrem letzten Besuch an neuer Ware eingetroffen war und welche Angebote sie finden konnten.

Julie behielt die Gruppe der Frauen im Auge, falls sie Hilfe brauchten, während sie über ihre Verabredung mit Patrick am nächsten Tag nachdachte. Sie war ehrlich überrascht, dass er sie gefragt hatte. Sie hatte ihn vom ersten Moment an für extrem gut aussehend gehalten, aber nie im Leben hätte sie gedacht, dass er sie bitten würde, mit ihm auszugehen. Sie glaubte immer noch, dass es etwas damit zu tun hatte, dass er Mitleid mit ihr hatte. Aber sie war bereit, ihm eine Chance zu geben. Er hatte aufrichtig geklungen, als er ihr beteuert hatte, er wollte sie besser kennenlernen.

»Entschuldigung, ich habe eine Frage.«

Julies Gedanken wurden durch die Worte der Frau neben ihr unterbrochen. Sofort wandte sie sich ihr zu und schenkte ihr ihre ganze Aufmerksamkeit. »Natürlich, was kann ich ...«

Julies Worte brachen abrupt ab, als sie aufblickte und sah, wer da vor ihr stand.

»Oh mein Gott«, sagte die Frau mit leiser, schockierter Stimme. »Du bist es.«

Julie war sich nicht sicher, was sie sagen sollte, und bekam auch keine Gelegenheit zu antworten. Caroline war hinter ihre Freundin getreten. »Was ist los, Fiona?«

Fiona. Julie hatte sich nicht mehr an den Namen der anderen Frau erinnert, bis Caroline ihn ausgesprochen hatte, während sie in die Augen der Frau sah, mit der sie die schlimmsten Tage ihres Lebens verbracht hatte. Fiona sah viel besser aus als beim letzten Mal, als sie sie gesehen hatte. Gesund. Sie sah gesund und glücklich aus. Julie sah nach unten. Sie konnte Fiona nicht in die Augen sehen. Sie sah einen Ehering mit einem riesigen Diamanten an ihrem Finger. Sie war verheiratet. Dann erinnerte sie sich daran, was Caroline letzte Woche in ihrem Laden gesagt hatte. Sie waren alle mit SEALs zusammen.

Könnte es sein ... Oh Gott.

»Julie, richtig?«, fragte Fiona.

Julie konnte ihren Tonfall nicht deuten, nickte aber und begann schnell, zu reden, um etwas sagen zu können, bevor Fiona mit ihren Freundinnen hinausstürmen würde. »Es tut mir so leid ...« Sie verstummte. Könnte die Situation noch schlimmer werden?

»Ihr kennt euch?«, fragte Caroline verwirrt und sah zwischen Fiona und Julie hin und her.

»Ja, ich ...«, sagte Fiona.

»Nein, nicht wirklich«, murmelte Julie gleichzeitig.

Julie wollte in einem Loch versinken und nie wieder auftauchen.

»Also, ja oder nein?«

Die anderen Frauen waren nun ebenfalls zur Kasse gekommen und Julie war furchtbar nervös, auch wenn es nicht ihre Absicht war.

»Julie war die Frau, die mit mir in Mexiko war«, erklärte Fiona leise.

Es wurde so leise in dem Laden, dass nur noch die Musik aus den Lautsprechern zu hören war und die Geräusche gelegentlich vorbeifahrender Autos.

»Oh.«

Julie dachte, dass dieses eine Wort von der blonden Frau, an die sie sich als Summer erinnerte, es auf den Punkt brachte. Der Abscheu und die Verachtung für die Frau, die Julie in dem Dschungel in Mexiko gewesen war, kamen darin laut und deutlich zur Geltung.

»Was machst du hier?«, fragte die Frau mit den schwarzen Haaren brüsk. »Gehört dir dieser Laden? Ich dachte, du lebst in Washington, D.C.?«

Julie nickte. »Ja, ich habe den Laden erst letzten Monat eröffnet. Ich bin hierher umgezogen. Ich brauchte eine Veränderung.«

»Oh, ich habe vergessen, dass wir noch einen Termin haben. Entschuldigung, wir müssen los.«

Diesmal war es die Brünette, die neben Summer und Caroline stand, die gesprochen hatte. Die anderen Frauen stimmten zu und gingen zur Tür. Die Kleider ließen sie auf einen Tisch neben der Kasse fallen.

»Es tut mir leid«, platzte es erneut aus Julie

heraus, bevor die Frauen den Laden verlassen konnten. »Es tut mir leid. Ich war eine Hexe. Ich hatte Angst und habe es an dir ausgelassen. Es gibt keine Entschuldigung für die Dinge, die ich zu dir gesagt und die ich dir angetan habe. Ich habe mich abscheulich verhalten und das hattest du nicht verdient. Ich hoffe, dir geht es ... gut ... auch in hundert Jahren werde ich mir nicht verzeihen können, was ich dir da draußen angetan habe.«

Fiona sagte nichts, aber ihre Freundin tat es. Alabama stemmte die Hände in die Hüften und sah Julie an. »Fiona hat uns ein wenig von dem erzählt, was passiert ist, als ihr im Dschungel auf der Flucht wart, aber nach deiner kleinen Entschuldigung zu urteilen vermute ich, sie hat uns nicht alles erzählt, was vorgefallen ist.« Sie ließ die Arme sinken und trat einen Schritt auf Julie zu. Caroline packte sie am Arm, bevor sie weitergehen konnte.

»Ruhig, Alabama.«

Alabama beugte sich zu Julie vor und zischte: »Du wolltest sie dort zurücklassen. Wer macht so was?«

Als Julie nicht antwortete, drehte Alabama sich um und hakte Fiona unter. »Komm schon, Fee, lass uns von hier verschwinden.«

Julie sah den Frauen hinterher, als sie den Laden

verließen. Die kleine Glocke läutete, als sich die Tür hinter ihnen schloss und eine unheimliche Stille zurückließ, die nur von der Musik unterbrochen wurde. Julie senkte den Kopf und stützte sich mit den Händen auf die Ladentheke vor sich, ohne sich darum zu kümmern, dass ihre Tränen den Papierkram nass spritzten, an dem sie gearbeitet hatte, bevor die Frauen ihren Laden betreten hatten.

»Das war eine Katastrophe«, sagte Julie zu sich selbst. »Das alles ist eine Katastrophe. Was tue ich hier?« Sie hob den Kopf, ging zur Tür hinüber, drehte das »Geöffnet«-Schild herum und schloss ab, bevor sie hölzern in den hinteren Teil des Ladens ging, weg von den Fenstern, weg von der Welt.

Sie ließ sich auf einen Sessel nieder, zog die Beine an, rollte sich zu einer Kugel zusammen und weinte.

KAPITEL SECHS

»Ich kann es nicht fassen, dass sie die Nerven hat, ausgerechnet *hierher*zuziehen«, schimpfte Alabama. »Ich meine, was soll das?«

»Ich weiß, und hier ein Geschäft zu eröffnen, wo Fiona lebt. Ich meine, sie hat Fiona in Mexiko wie Mist behandelt. Warum eröffnet sie hier ein Geschäft, wenn ihr Vater in Washington, D.C. lebt?«

»Und natürlich hat sie dafür Geld ihres Vaters benutzt. Sie ist eine verwöhnte Schlampe.«

Rund um den Tisch gab jede der Frauen ihren bösen Kommentar ab, nachdem sie sich von dem anfänglichen Schock wieder erholt hatten. Caroline schwieg, während die anderen weiter über Julie und ihre erbärmliche Existenz herzogen. Sie bemerkte, dass Fiona ebenfalls schwieg.

»Alles in Ordnung mit dir?«, fragte Caroline schließlich Fiona, während die anderen Frauen eine Pause einlegten. »Das war bestimmt nicht sehr angenehm für dich.«

»Mir geht es gut«, sagte Fiona zu ihrer Freundin. »Ich habe nur ...«

»Was?«, drängte Caroline. Sie war besorgt und wollte nicht, dass Fiona erneut einen Flashback bekam. Sie hatte gehofft, dass Fiona darüber hinweg wäre, aber Julie wiederzusehen könnte leicht die alten Erinnerungen zurückholen.

»Hat sie sich für euch aufrichtig angehört?«, fragte Fiona und schaute dabei Caroline in die Augen.

»Aufrichtig? Ich bin mir nicht sicher ...«

Caroline unterbrach Alabama. »Ja, das hat sie.« Sie sah Alabama an. »Ich weiß, dass du Fiona beschützen willst und dass du genauso verärgert bist wie der Rest von uns, aber denke mal eine Sekunde darüber nach, okay?«

Alabama biss sich auf die Lippe und wartete darauf, dass Caroline weitersprach.

»Als wir letzte Woche in ihrem Laden waren, haben wir Julie alle gemocht, oder?« Als Summer und Alabama nickten, fuhr sie fort: »Sie war lustig, liebenswürdig und offen. Hat eine von euch sie für eine Hexe gehalten, als wir den Laden verlassen haben?«

»Nein. Ich mochte sie. Deshalb sind wir heute alle wieder dorthin gegangen. Wir wollten sie unterstützen. Es schien, als wollte sie mit ihrem Laden etwas Gutes bewirken«, sagte Summer leise.

»Genau«, stimmte Caroline zu. »Wenn es stimmt, was sie uns erzählt hat, versucht sie, der Gemeinde zu helfen. Jess, sie gibt einige der Kleider aus ihrem Laden an Teenager, die sich kein Kleid für den Abschlussball leisten können.« Caroline wusste, dass ihre Worte bei Jessyka Anklang finden würden, weil sie sich selbst für gefährdete Jugendliche engagierte.

»Und wie wir alle wissen, weil wir heute darüber gesprochen haben, bevor wir in den Laden gegangen sind, spendet sie auch Kleider und Anzüge an Frauenhäuser, damit die Frauen dort sich angemessen für Vorstellungsgespräche kleiden können. *Diese Frau passt einfach nicht zu der Frau, mit der Fiona im Dschungel gewesen ist.«* Caroline holte tief Luft. »Was denkst *du*, Fiona?«

»Ich habe keine Ahnung. Es macht keinen Sinn. Ich war dort, ich habe gehört, was sie gesagt hat, und ich habe gesehen, wie sie sich verhalten hat. Sie sieht genauso aus, aber ... sie ist nicht dieselbe. Sie hat mir im Dschungel nie in die Augen gesehen. Sie hat immer über meinen Kopf hinweg oder auf den Boden geschaut, wenn sie sprach. Die ganze Zeit über hat sie sich an Hunters Hemd festgekrallt.«

»Aber sie wollte dich dort zurücklassen, Fiona«, sagte Cheyenne leise. Sie hatte die Geschichte von Caroline gehört.

»Wollte sie das?«, fragte Fiona fast rhetorisch.

»Wie meinst du das?«, fragte Summer.

»Ich versuche, mich genau zu erinnern, was sie gesagt hat, als sie mit Hunter verschwinden wollte, bevor ihn etwas dazu gebracht hat, sich ein letztes Mal umzudrehen.« Fiona hielt inne und biss sich auf die Lippe. Offensichtlich versuchte sie, sich ins Gedächtnis zurückzurufen, was damals gesagt wurde, als sie in Gefangenschaft war.

»Sie hatte Angst, genau wie ich. Sie war gerade erst in die Hütte gebracht und kurz zuvor ... äh ... ihr wisst schon.« Fiona schloss die Augen, als würde ihr das helfen, sich an Julies Worte zu erinnern. »›Wir müssen von hier verschwinden. Ich will hier weg.‹«

»Siehst du? Sie wollte dich zurücklassen und verschwinden.«

Fiona schüttelte langsam den Kopf und schaute ihre Freundinnen mit großen Augen an. »Nein, das glaube ich nicht. Jetzt, wo ich darüber nachdenke, habe ich mich an einem Punkt in dieser Hütte genauso gefühlt wie sie. Ich hätte alles dafür getan, um so weit wie möglich von dort wegzukommen. Aber ich hatte bereits resigniert. Sie war noch nicht so weit. Sie hatte Angst und wollte raus. Ich denke, sie wollte einfach nur so schnell wie möglich von den Männern wegkommen, die sie verletzt hatten.«

»Du meinst also, dass sie dich nicht per se zurücklassen wollte, sondern nur so sehr darauf konzentriert war zu fliehen?«, versuchte Caroline, die Situation zu klären.

»Ja«, flüsterte Fiona.

»Aber was ist mit dem Rest der Geschichte?«, forderte Alabama sanft. »Du hast uns erzählt, wie sie sich über das Essen beschwert hat und darüber, dass du unter Drogenentzug standest, und dass es ihr egal war, ob Hunter verletzt wurde.«

»Ich weiß es nicht. Ich konnte nicht in ihren Kopf sehen. Ich weiß einfach nicht, was sie gedacht hat. Aber aus irgendeinem Grund fühle ich mich plötzlich schlecht nach dieser ganzen Szene vorhin.«

»Sie hat geweint«, sagte Caroline mit leiser Stimme. »Wir sind alle aus dem Laden gestürmt, aber ich habe noch einmal zurückgeschaut. Sie stand hinter der Kasse und hat in die Leere gestarrt, während ihr Tränen übers Gesicht gelaufen sind.«

Nach einem Moment der Stille, in dem keine der Frauen etwas sagte, sondern mit ihren eigenen Gedanken kämpfte, dass sie Julie ein wenig bedauerten, aber immer noch sauer darüber waren, was mit Fiona in Mexiko passiert war, stand Caroline von ihrem Stuhl auf und stellte sich hinter Fiona. Sie legte die Arme um ihre Freundin und stützte ihr Kinn auf ihre Schulter, während sie sie umarmte. »Geht es dir gut? Sollen wir Dr. Hancock anrufen, damit du mit ihr darüber reden kannst?«

Fiona versuchte, Caroline in ihrer ungeschickten Haltung so gut es ging ebenfalls zu umarmen. »Nein, es geht mir gut. Ich danke Hunter nur umso mehr für seinen unheimlichen sechsten Sinn, den er manchmal zu haben scheint, und bete zu meinen Glückssternen, dass ich so heil, wie es ging, da rausgekommen bin. Ja, ich habe noch ab und zu Flashbacks und Albträume, aber ich habe euch und Hunter und die anderen im Team. Wen hat Julie?«

Alle schwiegen und ließen Fionas Worte sacken.

KAPITEL SIEBEN

Patrick sah zum hundertsten Mal an diesem Abend auf die Uhr. Neunzehn Uhr. Es sah so aus, als wäre er versetzt worden. Dummerweise hatte er Julie seine Handynummer nicht gegeben, also konnte sie nicht anrufen, um ihm zu sagen, dass sie zu spät kam. Hoffentlich war ihr nichts passiert und sie hatte ihn wirklich nur versetzt. Nachdem er der Kellnerin gesagt hatte, dass er doch nicht zu Abend essen würde, stieg er in seinen Wagen und fuhr nach Mission Valley.

Er wusste, dass Julies Laden dort war. Es war schon erstaunlich, welche Informationen Tex in kürzester Zeit ausfindig machen konnte. Ihr Laden, *My Sister's Closet*, befand sich zwischen einer kleinen Buchhandlung und einer Kinderboutique, in der

Spielzeug und Kleidung für Babys und Kleinkinder verkauft wurde. Bis auf die Sicherheitsbeleuchtung war der Laden dunkel. Es war gerade hell genug, um Einbrecher abzuschrecken.

Patrick kannte Julies Privatadresse, wusste aber, dass er nicht einfach dort auftauchen konnte, ohne wie ein totaler Stalker auszusehen. Er trommelte mit den Fingern auf das Lenkrad und versuchte zu entscheiden, ob er sie anrufen sollte oder nicht. Er hatte ihre Nummer von Tex bekommen, beschloss aber schließlich, ihr etwas Freiraum zu geben. Wenn Julie es sich bezüglich ihrer Verabredung vielleicht anders überlegt hatte, würde er sie nicht drängen.

Er wollte keine schlechten Erinnerungen in ihr wecken oder irgendeine Art von Flashback auslösen. Patrick wusste, dass Fiona darunter litt, und er wollte Julie nicht in eine unangenehme Situation bringen. Er stieß den Atem aus und murmelte: »Verflucht, das ist doch scheiße.« Er bog auf die Hauptstraße ein und fuhr nach Hause. Vielleicht würde er das Glück haben, dass sie ihn am Montag anrief und ihm erklären würde, was los gewesen war.

***

Julie kauerte auf ihrem Bett und konzentrierte sich

auf ihre Atmung. Sie hatte einen verdammt schlimmen Albtraum gehabt, so schlimm wie seit Langem nicht mehr. Sie hatte es mehr oder weniger erwartet, vielleicht war es deshalb diese Nacht passiert.

Sie lief gerade von der Hütte weg, in der sie festgehalten worden war, und schaute zurück, während sie dem SEAL in den Dschungel folgte. In ihrem Traum hatte er sich nicht noch einmal umgedreht und Fiona auf der anderen Seite des Raumes nicht bemerkt. Er war mit Julie im Schlepptau verschwunden und sie hatten Fiona in der Hütte zurückgelassen. Auf ihrer Flucht schaute Julie zurück und sah Fiona im Raum sitzen. Über ihr hing ein Scheinwerfer, der direkt auf sie nach unten schien. Sie kniete in dem kleinen Lichtkreis. Eine Kette war um ihren Hals gelegt und sie war nackt.

Julie konnte auf ihrem ganzen Körper blaue Flecke sehen und sie blutete aus mehreren Schnittwunden im Gesicht, auf dem Kopf und der Brust. Sie streckte ihre Hand nach Julie aus und sagte immer wieder: »Warum? Warum hast du mich zurückgelassen? Du wusstest, was mit mir passieren würde.«

Schwitzend und zitternd war Julie aus dem Schlaf gerissen worden. Obwohl sie wusste, dass es so nicht passiert war, wusste sie sehr wohl, dass es hätte so kommen *können*, wenn der SEAL nicht so aufmerksam gewesen wäre. Es nagte an Julies Gewissen. Es war, als müssten diese Albträume sie daran erinnern, wer sie wirklich war. Eine Frau, die eine andere Frau einfach zurücklassen würde, um sie ihrem schrecklichen Schicksal und höchstwahrscheinlich einem langsamen, qualvollen Tod zu überlassen.

An diesem Abend war sie mit Patrick verabredet gewesen. Aber Julie wusste, dass sie auf keinen Fall dort auftauchen konnte. Nachdem sie gesehen hatte, wie Fiona und ihre Freundinnen im Laden auf sie reagiert hatten, war ihr klar geworden, dass sie ihr niemals vergeben würden. Denn das, was sie getan hatte, war unverzeihlich. Dass die SEALs sich dazu bereit erklären würden, ihr zuzuhören, war ein Wunschtraum. Sie war nur ein Job für sie gewesen. Nicht mehr und nicht weniger. Sie waren weitergezogen, und das musste sie auch.

Also hatte sie Patrick versetzt. Er würde es verstehen.

Aber Julie fühlte sich trotzdem schlecht. Wie lange hatte er auf sie gewartet? Hatte er am Tisch gesessen, auf die Uhr geschaut und sich gefragt, ob es ihr gut ging? War er wütend geworden, als er schließlich merkte, dass sie nicht kommen würde?

Julie wettete, dass ein Mann wie er nicht oft versetzt wurde. Er sah so gut aus. Niemand, der bei klarem Verstand war, würde eine Verabredung mit ihm einfach platzen lassen.

Und das war genau das Problem – offensichtlich war sie nicht bei Verstand. Sie war verrückt gewesen zu glauben, dass die Veränderung ihres Lebensstils und ihrer Persönlichkeit genug wären, um die schreckliche Person, die sie gewesen ist, auszugleichen.

Julie rieb sich mit den Händen die Augen, um das schreckliche Bild von Fiona in der Hütte aus dem Sinn zu bekommen, wie sie dort kniete und Julie beschuldigte, sie zurückgelassen zu haben. Schließlich schüttelte sie den Kopf und griff nach ihrem Handy. Obwohl es mitten in der Nacht war, würde sie Patrick anrufen, um ihm eine Nachricht zu hinterlassen. Es war unhöflich gewesen, sich nicht bei ihm zu melden. Sie war nicht umsonst als Tochter eines Politikers aufgewachsen. Ihr Vater konnte als Politiker ein Idiot sein, aber als seine Tochter durfte sie nicht riskieren, dass er ins Lächerliche gezogen oder von der Presse kritisiert würde, weil sie unhöflich gewesen war. Julie musste Patrick vom Haken lassen.

Sie wählte die Nummer, die Tex ihr gegeben

hatte. Sie wusste, dass Patrick nicht im Büro sein würde. Somit konnte sie ihm feige eine Nachricht hinterlassen und müsste nicht persönlich mit ihm sprechen. Julie wartete ungeduldig, bis die Ansage des Anrufbeantworters zu Ende war, damit sie sprechen konnte. Nach dem Piepton sprach sie schließlich schnell.

»Hallo Patrick, hier ist Julie. Es tut mir leid, dass ich heute Abend nicht aufgetaucht bin ... es ist mir etwas dazwischengekommen. Ich habe außerdem nachgedacht und brauche Ihre Hilfe in der Angelegenheit, über die wir gesprochen haben, nicht mehr. Es war eine dumme und egoistische Idee von mir ... wie immer. Vielen Dank für Ihren Dienst an unserem Land. Auf Wiederhören.«

Die Nachricht war ziemlich lahm, wenn es darum ging, jemandem einen Korb zu geben, aber es müsste reichen.

Julie legte ihr Telefon zurück auf den Nachttisch, rollte sich auf die Seite und schlang die Arme um ihr Kissen. Morgen war ein neuer Tag. Es würde ihr gut gehen. Es war eine große Stadt. Sie würde weder Patrick noch Fiona oder ihre Freundinnen je wiedersehen. Kein Problem.

Patrick saß mit den drei SEALs Cookie, Wolf und Dude zusammen, die unter seinem Kommando standen. Sie hatten gerade das Training besprochen, an dem sie nächste Woche teilnehmen sollten.

»Wie geht es Caroline, Wolf?«

»Gut, aber Sie werden nie erraten, was letztes Wochenende passiert ist.«

Patrick hob eine Augenbraue und wartete darauf, dass er fortfuhr.

»Die Frauen haben Julie getroffen. Sie können sich sicher noch an Julie von der Rettungsaktion in Mexiko erinnern, wo Cookie Fee gefunden hat?«

Patrick sah Cookie scharf an. Er verschränkte die Armen vor der Brust und lehnte sich in seinem Stuhl zurück. »Julie Lytle?«

»Ja.«

»Und?«

»Die Frauen waren sauer. Sie haben geschimpft. Caroline sagt, dass Julie versucht hat, sich bei Fiona zu entschuldigen, aber sie sind ziemlich schnell aus ihrem Laden geflüchtet.«

Jetzt verstand Patrick, warum Julie ihn versetzt hatte. Sein Herz füllte sich mit Kummer um sie, aber zuerst musste er herausfinden, wie Cookie dazu stand.

»Cookie?«

»Was?«

»Wie geht es Fiona? Ist sie auch sauer?«

Er schüttelte den Kopf. »Sie kennen Fee, sie sieht in jedem das Gute.«

»Also ist sie nicht verärgert?«

»Das habe ich nicht gesagt. Sie war verärgert. Sie hatte letzte Nacht wieder einen Albtraum. Wir haben darüber gesprochen und ich denke, es ist wieder in Ordnung, aber ich muss im Moment besonders auf sie achten. Caroline und die anderen helfen dabei. Aber wir haben darüber geredet. Sie fühlt sich schlecht wegen Julie.«

»Warum?«

»Julie scheint sehr bemüht zu sein, etwas Gutes für die Gemeinde zu tun. Sie hat es sich zur Aufgabe gemacht, missbrauchten Frauen und gefährdeten Jugendlichen in der Nachbarschaft zu helfen.«

»Was hältst du davon, Cookie?«

Cookie hob die Schultern, richtete sich auf seinem Stuhl auf und legte die Hände auf die Knie. »Mir ist nur wichtig, dass es Fiona gut geht. Wenn sie glauben will, dass Julie sich verändert hat, dann soll es mir recht sein. Aber wenn sie sie nie wiedersehen will, dann werde ich alles tun, um Julie davon zu überzeugen, nach Virginia zurückzuziehen. Mir ist klar, dass ich mich dadurch vielleicht wie ein

Idiot anhöre, und vielleicht wird Fiona sie nie wieder treffen, selbst wenn sie hierbleibt, aber ich werde kein Risiko eingehen. Fiona bedeutet alles für mich und ich werde alles dafür tun, dass sie in Sicherheit ist und gesund bleibt. Sie soll nie wieder so einen Flashback erleiden ... wenn ich es verhindern kann.«

Patrick ließ Cookies Worte sinken. Julie hätte sicherlich einen schwierigen Weg vor sich, um Cookies Gunst wiederzugewinnen, aber er glaubte nicht, dass Julie es wirklich darauf abgesehen hatte. Sie wusste, dass sie niemals beste Freunde mit den SEALs werden würde. Sie hatte nur um die Gelegenheit gebeten, sich bei ihnen zu entschuldigen und zu bedanken.

Plötzlich wollte Patrick, dass sie diese Gelegenheit wirklich bekam.

»Ich habe mit Julie gesprochen, bevor die Frauen sie getroffen haben«, gab er zu.

»Was?«, fragte Wolf scharf.

»Was zur Hölle, Hurt?«, rief Cookie gleichzeitig aus.

»Wollen Sie uns verarschen?«

Der letzte Satz stammte von Dude, dem wohl intensivsten SEAL im Team. Patrick hob die Hand. »Lasst mich ausreden.«

Als die Männer nickten, fuhr er fort: »Tex hat ihr meine Nummer gegeben. Sie hat angerufen, um herauszufinden, wer die SEALs waren, die sie gerettet haben, damit sie sich bei ihnen bedanken und sich entschuldigen könnte.«

»Das kommt vielleicht etwas spät«, grummelte Dude.

»Das weiß sie«, bestätigte Patrick. »Sie weiß, dass sie es versaut hat, und sie wollte es wieder in Ordnung bringen. Ich bin überrascht, dass Tex ihr überhaupt meine Nummer gegeben hat, aber ohne ihn hätte sie nie etwas über euch herausgefunden oder wie man euch kontaktieren könnte. Zum Glück hat er mich als Mittelsmann eingesetzt. Sie hat am Telefon einen ehrlichen Eindruck gemacht und erklärt, warum sie sich bei euch entschuldigen will. Daraufhin habe ich mich mit ihr getroffen. Ich glaube, sie ist aufrichtig.«

»Es war nicht cool von ihr, einfach mit den Frauen zu reden«, beschwerte sich Cookie, wohl wissend, dass es Quatsch war. Es war nicht so, als hätte Julie es geplant, Fiona und die anderen Frauen in ihrem Laden zu treffen.

»Ich glaube, das war reiner Zufall. Sie hat mir gegenüber kein einziges Mal erwähnt, dass sie Fiona sehen wollte, Cookie. Es tut ihr leid, was sie ihr angetan hat, aber sie hat nicht den Eindruck gemacht, als wollte sie sie aufspüren. Ich glaube nicht, dass sie überhaupt weiß, dass ihr verheiratet seid. Denk eine Sekunde darüber nach. Julie hat einen Secondhandladen eröffnet, in dem hochwertige Designerkleidung verkauft wird. Es war absehbar, dass eure Frauen das herausfinden und dem neuen Laden einen Besuch abstatten würden. Es war nur eine Frage der Zeit, bis sie sich über den Weg laufen würden. Weder Julie noch Fiona ist dumm. Ich bin mir sicher, dass sie sich sofort wiedererkannt haben.«

Für einen Moment sagte niemand etwas.

»Und bei der Gelegenheit will ich gleich alle Karten offen auf den Tisch legen ... ich habe sie gebeten, mit mir auszugehen.«

»Sie haben *was*? Jesus, Hurt, das können Sie doch nicht tun!«, rief Cookie aus, stand auf und beugte sich mit auf den Tisch gestützten Händen zu seinem Kommandanten vor.

Patrick ignorierte Cookies Ausbruch. »Ich kann und ich habe es getan, aber du wirst wahrscheinlich froh sein zu hören, dass sie mich versetzt hat.«

Bei den Worten seines Kommandanten setzte Cookie sich wieder und fuhr sich mit der Hand über den Kopf. »Hat sie das?«, fragte er mit ruhigerer Stimme.

»Ja. Wir waren Samstag zum Abendessen verabredet.«

»Die Frauen haben sie am Freitag getroffen«, sagte Cookie.

»Das ist mir jetzt auch klar. Ich denke, das Treffen und was auch immer zwischen ihnen gesagt wurde hat sie dazu gebracht, die Verabredung abzusagen und die Idee, sich mit euch zu treffen, aufzugeben.«

»Cookie«, sagte Wolf vorsichtig, »ich glaube, es könnte nicht schaden, sich mit ihr zu treffen und sich anzuhören, was sie zu sagen hat.«

»Ich weiß nicht. Ihr wart nicht dabei. Ihr habt nicht miterlebt, wie schrecklich sie war, als Fee rückwärts gezählt hat, um sich von den Entzugserscheinungen abzulenken, die sie aufgrund der Scheiße hatte, die ihr in die Adern gespritzt worden war. Ihr habt nicht gehört, wie sie über den Müsliriegel geschimpft hat, den ich für sie mitgebracht hatte. Ihr habt nicht die Schuldgefühle in Fionas Augen gesehen, als sie dachte, dass es nicht genug zu essen für sie beide gäbe.« Cookie schüttelte den Kopf und wiederholte: »Ich weiß es einfach nicht.«

»Nun, ich glaube, du wirst etwas Zeit haben,

darüber nachzudenken«, erwiderte Patrick. »Ich bin mir ziemlich sicher, dass ich alle Hände voll zu tun haben werde, wenn ich sie dazu bringen will, sich noch einmal mit mir zu verabreden.«

»Mögen Sie sie wirklich so sehr?«, fragte Dude.

»Ja. Da ist irgendetwas an ihr ... als wäre sie ein fünf Kilogramm schwerer Terrier, der sich mit einem vierzig Kilogramm schweren Pitbull anlegt. Sie hat Angst, tut aber so, als wäre nichts dabei und als könnte nichts und niemand ihr etwas antun.«

»Sie sorgen sich also um sie?«, fragte Dude. »Das kann ich nachvollziehen.«

Patrick wusste, dass er es konnte. Er sorgte sich sehr um Cheyenne. »Ja und nein. Sie hat die Hölle durchgemacht und hat sich ihren Weg zurück ins Leben gekämpft. Sie fasziniert mich. Nicht viele Menschen wären so ausgeglichen nach dem, was sie durchgemacht hat. Cookie, ich *weiß*, dass du das verstehst. Ich glaube, wenn sie den Mut hat, ihre eigenen Fehler einzugestehen und das zu tun, was sie für nötig hält, um es in Ordnung zu bringen, dann kann ich eingestehen, dass ich sie dafür bewundere und sie besser kennenlernen will.«

»Ich kann wirklich nicht behaupten, dass ich über die Aussicht begeistert bin, sie in unserer Nähe zu haben, wenn die Dinge zwischen Ihnen gut laufen, aber ich bin auch kein so großes Arschloch, um darauf zu bestehen, dass Sie sie nie wiedersehen. Ich vertraue Ihrem Urteil, Hurt. Wenn Sie sagen, Sie glauben, dass sie sich verändert hat, dann muss ich Ihnen glauben. Wenn sie es immer noch will, dann werde ich einem Treffen mit ihr zustimmen.«

»Das weiß ich sehr zu schätzen, Cookie. Wenn ich sie dazu überreden kann, mich wiederzusehen, werden wir herausfinden, ob wir das arrangieren können.«

Die Männer standen auf und Wolf klopfte dem Kommandanten kollegial auf den Rücken. »Viel Glück, Mann. Frauen tun niemals das, was man von ihnen erwartet.«

KAPITEL ACHT

Warum zum Teufel sie das Pech hatte, immer wieder auf genau die sieben Menschen zu treffen, die sie am wenigsten sehen wollte, lag jenseits von Julies Vorstellungskraft. Sie wusste, dass sie eine Menge wiedergutzumachen hatte, aber im Ernst, sie könnte eine Pause gut vertragen.

Eine Woche nach dem katastrophalen Aufeinandertreffen in ihrem Laden war Julie im Supermarkt fast mit Summer zusammengestoßen. Sie hatte sich ausgiebig entschuldigt und war weggelaufen, ohne ihr die Möglichkeit zu geben, etwas zu sagen.

An einem anderen Tag fuhr Julie die Straße entlang und sah zufällig an einer roten Ampel in den Wagen neben ihr, nur um Caroline hinter dem

Steuer ihres Geländewagens sitzen zu sehen. Es schien, als wären Fionas Freundinnen überall.

Aber das war noch nicht das Ende ihrer Folter. Julie hatte ein weiteres Jugendzentrum aufgesucht und war dort direkt Jessyka in die Arme gelaufen.

Irgendwie hatte sie sich durch eine kurze Unterhaltung gekämpft. Die Direktorin der Einrichtung hatte ihr später erklärt, dass Jess eine freiwillige Helferin war, die häufig und voller Überzeugung die Mädchen unterstützte.

Gerade als Julie glaubte, die schlimmsten zufälligen Begegnungen mit den Menschen hinter sich zu haben, die wussten, was für eine schreckliche Person sie sein konnte, schlenderte Patrick in ihren Laden, als würde er jede Woche dort einkaufen.

»Hallo Julie.«

»Äh, hi.« Sie starrte ihn einen Moment an. Als er nichts weiter sagte, unterbrach sie nervös die Stille. »Tut mir leid wegen Samstagabend. Haben Sie meine Nachricht bekommen?«

»Ja.«

»Oh okay. Ja, na dann, es war etwas dazwischengekommen. Es tut mir leid, dass ich Sie nicht erreicht habe, aber ich hatte Ihre Handynummer nicht, sondern nur die Nummer vom Büro.«

»Ja, das habe ich bemerkt, als ich auf Sie gewartet habe. Alles okay?«

»Ja, danke.«

Julie zuckte, als Patrick sich auf den Verkaufstisch lehnte und sich anscheinend wohl in seiner Haut fühlte. Es sah nicht so aus, als wollte er so bald wieder gehen.

»Haben Sie meine Nummer danach verloren?«

Oh, oh. »Nein?« Ihre Verneinung klang eher nach einer Frage als nach der Aussage, die Julie eigentlich machen wollte.

»Hm. Ich habe seit zwei Wochen nichts mehr von Ihnen gehört.«

»Ich weiß ... ich war beschäftigt.«

»Julie, ich weiß, dass Sie Fiona und ihre Freundinnen getroffen haben.«

Daraufhin hob Julie den Kopf. »Tatsächlich?«

»Ja. Ich weiß auch, dass Sie deshalb unsere Verabredung abgesagt haben.«

»Okay. Ja, das stimmt. Es war deswegen. Mir ist klar geworden, dass es eine dumme Idee gewesen ist, mit den Männern reden zu wollen. Ich meine, es war nur ein Job für sie. Es ist ihnen egal und ...«

Patrick unterbrach sie. »Woher wissen Sie, dass es ihnen egal ist?«

»Patrick«, sagte Julie verzweifelt. Sie wollte nicht

länger über dieses Thema sprechen. »Weil es einfach so ist. Ich bin wieder einmal egoistisch gewesen. Der einzige Grund, warum ich mit ihnen reden wollte, war ich. Ich habe wieder einmal nur an mich gedacht. Es ist in Ordnung. Wirklich, können wir dieses Thema bitte abhaken?«

Julie konnte ihm nicht in die Augen sehen, während er dort stand und sie beobachtete. »Ich werde es abhaken ...«

Sie seufzte erleichtert.

»... für den Moment.«

»Ach verdammt«, murmelte sie, bevor sie darüber nachgedacht hatte.

Patrick lachte leise. »Jetzt, wo wir das aus der Welt geschafft haben, wann darf ich Sie wieder zum Essen einladen?«

»Wollen Sie das denn noch?« Julie sah ihn ungläubig an.

»Ja, das will ich immer noch. Und wenn Sie mich schon so fragen, muss ich wohl etwas schwerere Geschütze auffahren.«

Zum ersten Mal seit längerer Zeit lächelte Julie. »Das wollen wir doch lieber nicht riskieren. Okay, ich werde mit Ihnen ausgehen.«

»Jetzt.«

»Was?«

»Jetzt. Wir werden jetzt ausgehen.«

»Aber ich bin alleine hier und ich muss ...«

»Es ist niemand hier und es ist schon nach fünfzehn Uhr. Der Laden ist nur noch eine knappe Stunde geöffnet. Hängen Sie ein Schild auf, dass Sie einen Notfall hatten oder so.«

»Aber das wäre gelogen.«

Julie verstand das breite Grinsen auf Patricks Gesicht nicht.

»Worüber lachen Sie so?«

»Über Sie. Sie können nicht einmal lügen, um sich eine Stunde freizunehmen, um etwas für sich zu tun.«

Wenn er es so ausdrückte, klang es lächerlich. Es war nicht so, als hätte sie Horden von Kunden, die vor der Tür warteten. »Okay, aber ... wohin gehen wir?«

»Ich dachte an etwas weniger Formelles. Ich möchte Sie gern zu einem meiner Lieblingsstrände in der Gegend bringen. Dort gibt es eine schöne Brandung, sauberen Sand und ein paar wirklich gute Imbisswagen, die jeden Abend in der Gegend sind.«

»Etwas zu essen und ein Abendspaziergang am Strand. Sie wissen, was einer Frau gefällt«, neckte Julie.

»Kommen Sie schon, räumen Sie auf und schließen Sie den Laden ab. Ich werde warten.«

Julie machte die Abrechnung und hängte ein Schild in die Tür, auf dem sie sich für die vorzeitige Schließung des Ladens entschuldigte. »Ich muss noch bei der Bank vorbei und die Einnahmen einzahlen«, sagte sie zu Patrick.

»Haben Sie keinen Safe, in dem Sie das Geld vor Ort aufbewahren können?«

Julie schüttelte den Kopf. »Nein, mein Vater hat davon abgeraten. Es gibt zu viele Menschen, die ohne Zögern für zwanzig Dollar hier einbrechen würden. Lieber mache ich mir die Mühe und bringe das Geld jeden Abend zur Bank, als zu riskieren, dass jemand von dem Safe erfährt und mich ausraubt.«

»Das ist sehr umsichtig.«

Julie zuckte die Achseln. »Es war die Idee meines Vaters.«

Patrick sagte nichts, sondern hielt ihre Hand, als sie zur nahe gelegenen Bank gingen. Danach führte er sie zu seinem Wagen und sie fuhren zum Strand.

Patrick hatte Glück und fand auf dem ersten öffentlichen Parkplatz einen freien Stellplatz. Sie holten sich ein paar Burritos von einem der Imbisswagen, von dem Patrick behauptete, dass er

»verdammt großartig« sei. Dann gingen sie am Strand entlang, so wie bei ihrem ersten Treffen. Sie aßen ihre Burritos und redeten über nichts Wichtiges.

Viele Familien waren am Strand und genossen den milden Abend. Kinder spielten in der seichten Brandung oder lagen auf ihren Surfbrettern und warteten auf die nächste Welle, die sie Richtung Ufer treiben würde. Nachdem sie etwa eine Stunde herumspaziert waren und geplaudert hatten, sagte Patrick schließlich, dass sie umkehren müssten.

»Ich habe morgen früh Training.«

»Ich kann mir nur schwer vorstellen, wie Sie neben einer Horde erwachsener Männer stehen und sie anschreien, schneller zu laufen«, scherzte Julie.

»Das liegt vielleicht daran, dass ich nicht nur danebenstehe, sondern mit ihnen zusammen laufe.«

»Tun Sie das?«

»Ja, das tue ich.«

»Ich dachte, Sie trainieren, um in Form zu bleiben, ich hätte nicht gedacht, dass Sie mit den SEALs zusammen trainieren.«

Patrick lachte. »Und warum nicht? Weil ich alt bin?«

»Oh Gott, nein«, sagte Julie und wurde rot. »So habe ich es nicht gemeint. Ich habe immer noch keine Ahnung, wie alt Sie überhaupt sind. Dreiundfünfzig?«

»Autsch. Ich glaube, da hat mir Ihre andere Vermutung von fünfunddreißig besser gefallen. Und wie haben Sie es gemeint, wenn es nicht auf mein Alter bezogen war?«

Sie legte die Hände auf ihr Gesicht und schüttelte den Kopf. »Schon gut. Also ... Sie haben morgen früh Training?«

Patrick lachte und zog ihr die Hände aus dem Gesicht. »Sie sind so süß. Und ja, gegen vier Uhr. Wir treffen uns am Strand und machen ein paar Übungen mit den nächsten SEAL-Anwärtern.«

Julie bemerkte seinen fiesen Blick. »Und Sie lieben es, sie zu foltern, richtig?«

»Na sicher.«

»Na dann los. Nicht dass Aschenputtel sich noch in einen Kürbis verwandelt, weil sie nicht rechtzeitig vom Ball nach Hause gekommen ist.«

Sie gingen zurück zum Parkplatz und Patrick öffnete die Beifahrertür seines Wagens für sie. Er wartete geduldig, bis sie eingestiegen war, bevor er die Tür hinter ihr schloss. Er fuhr sie zurück zu ihrem Laden und sagte: »Warten Sie hier«, als er neben ihrem Wagen parkte. Julie sah, wie er ausstieg und sorgfältig die Umgebung überprüfte, bevor er zu ihr kam und die Tür für sie öffnete. Er half ihr auszusteigen und auf ihren neugierigen Blick erwiderte er einfach: »Ich wollte mich nur vergewissern, dass es sicher ist.«

Bei seinen Worten bekam Julie Gänsehaut auf den Armen. *Ich wollte mich nur vergewissern, dass es sicher ist.* Der wahrscheinlich romantischste Satz, den sie jemals gehört hatte. Entweder wusste er wirklich ganz genau, was er sagen musste, um eine Frau zu beeindrucken, oder er war ein echter Glücksfang. Julie war sich noch nicht sicher.

Sie entriegelte die Türen ihres Wagens und stand vor der geöffneten Tür auf der Fahrerseite. »Danke für das Essen und den schönen Abend.«

»Gern geschehen. Und bevor ich es vergesse, hier ist meine Nummer. Jetzt haben Sie keine Ausrede mehr, mich nicht noch einmal anzurufen.«

Julie nahm die Visitenkarte, die Patrick ihr hinhielt. Er hatte seine Handynummer zusammen mit einer anderen Nummer aufgeschrieben, die die Vorwahl von Virginia hatte. Sie hob die Augenbrauen.

»Das ist die Nummer von Tex.«

»Ah, wieder der mysteriöse Tex«, sagte Julie verwirrt.

»Ja. Wenn Sie jemals etwas brauchen sollten und

mich nicht erreichen können, können Sie ihn anrufen. Er wird mich finden.«

»Ich werde Tex nicht anrufen. Ich kenne ihn gar nicht.«

»Es ist egal, ob Sie ihn kennen oder nicht. Es gibt niemanden, dem ich mehr vertraue als ihm. Und wenn Sie mich brauchen und mich nicht erreichen können, wird er auf jeden Fall den Kontakt herstellen können.«

Julie schüttelte verärgert den Kopf und konnte dem Drang kaum widerstehen, die Augen zu verdrehen. Instinktiv wusste sie, dass das bei Patrick nicht gut ankommen würde. »Ja okay. Viel Spaß beim Training morgen früh.«

»Geben Sie mir auch Ihre Nummer?«

»Oh ja.« Julie nannte ihm schnell ihre Nummer. Als er keine Anstalten machte, sie aufzuschreiben, bohrte sie nach.

»Ich habe mir die Nummer gemerkt. Ich muss sie mir nicht aufschreiben.«

»Beweisen Sie es«, forderte sie ihn heraus.

»Was bekomme ich, wenn ich recht habe?«

»Was möchten Sie?«

»Einen Kuss.«

Julie war überrascht, aber nicht verärgert. »Okay. Einen Kuss.«

Patrick rezitierte ihre Nummer, ohne lange überlegen zu müssen. Noch bevor er die letzte Ziffer ausgesprochen hatte, ging er einen Schritt auf sie zu und drängte sie rückwärts gegen ihren Wagen. Er nahm ihren Kopf zwischen seine Hände und legte seine Daumen auf ihre Wangenknochen. Julie packte seine Handgelenke und sah ihn an.

»Ich werde dich jetzt küssen, Julie.«

»Okay«, flüsterte sie zustimmend.

Sanft berührten sich ihre Lippen und Julie stellte sich auf Zehenspitzen, um ihm näher zu kommen. Sie war zu beschäftigt damit, sich auf das Gefühl seiner Lippen auf ihren zu konzentrieren, als dass sie daran gedacht hätte, seine Handgelenke loszulassen und ihre Arme um ihn zu legen.

Patrick fuhr mit seiner Zunge über Julies Mundwinkel, als würde er um Erlaubnis bitten, damit in ihren Mund gleiten zu dürfen. Dankbar öffnete sie die Lippen und seufzte, als Patrick mit der Zunge in sie eindrang. Es fühlte sich an, als würde er sie markieren. Er war hart, wo sie weich war. Er war groß, wo sie klein war. Er war der übermännliche Gegensatz zu ihrem zarten, weiblichen Körper.

Leider verging der Moment viel zu schnell. Der Kuss war nicht zu leidenschaftlich, sondern absolut angemessen für einen Gutenachtkuss nach der ersten Verabredung. Langsam hob er den Kopf, nahm aber seine Hände nicht von ihren Wangen. Er sah sie lange an, bevor er sagte: »Das hat mir sehr gefallen.«

Julie lächelte. »Mir auch.«

»Alles klar. Ich rufe dich an.«

»Okay.«

Schließlich zwang er sich, ihren Kopf loszulassen, und drehte sie sanft zu ihrem Wagen herum. »Steig ein. Ich rufe dich an.«

Julie stieg ein und ließ den Motor an. Als sie sah, dass er immer noch dastand und sie beobachtete, ließ sie das Fenster herunter und sagte: »Ich hatte heute einen wirklich schönen Abend. Vielen Dank.«

»Gern geschehen. Fahr vorsichtig.«

»Du auch.« Julie war stolz auf sich, dass sie nur noch ein Mal zurückblickte, und lächelte auf der gesamten Fahrt bis zu ihrer kleinen Wohnung.

KAPITEL NEUN

Julie saß in Patricks Armen auf seiner Couch und sie schauten *World War Z*. Seit ihrer ersten »Verabredung« vor einem Monat hatten sie fast jeden Tag Zeit miteinander verbracht. Was ihre körperliche Beziehung anging, ließen sie es langsam angehen, was Julie entgegenkam.

Ja, sie hatte eine schreckliche Erfahrung gemacht, als sie entführt worden war, aber sie war größtenteils darüber hinweg. Ihr Vater hatte sofort eine Therapie für sie organisiert. Nach einigen Arztbesuchen hatte sie außerdem erfahren, dass sie sich während ihrer Entführung nicht mit irgendwelchen Krankheiten infiziert hatte. Nach der Hölle, die sie durchgemacht hatte, war das eine große Erleichterung gewesen. Alles in allem wusste Julie, dass es noch schlimmer hätte kommen können. Daher hatte sie entschieden, sich auf das Positive zu konzentrieren, anstatt sich in den negativen Seiten ihres Schicksals zu verlieren.

Julie bemerkte, dass es viel leichter war, sich mit den körperlichen Aspekten ihrer neuen Beziehung auseinanderzusetzen als mit den mentalen. Sie hatte geglaubt, es würde einfach sein, sich Patrick zu öffnen und ihm über ihre Gefühle und die Albträume zu erzählen. Besonders nach ihrem ersten Spaziergang am Strand, als sie versucht hatte, ihm zu erklären, wie wichtig es für sie war, sich bei den SEALs bedanken zu können.

Aber nach dem Aufeinandertreffen mit Fiona und ihren Freundinnen hatte sie realisiert, dass diese »Entschuldigung« ihr nicht dabei helfen würde, sich plötzlich besser über die Person zu fühlen, die sie früher gewesen war. Der Drang, sich Patrick zu öffnen, hatte daraufhin nachgelassen. Verdammt, er hatte nicht nur nachgelassen, er war ganz verschwunden.

Julie wusste, dass Patrick in Bezug auf ihre körperliche Beziehung sehr vorsichtig vorging, und sie wusste das zu schätzen. Sie mochte früher oft als das leicht zu habende Partygirl gesehen worden sein, aber sie war nie die Art von Mädchen gewesen, die bei der ersten Verabredung sofort mit einem Kerl ins Bett ging ... auch nicht beim zweiten oder dritten Mal. Sie wollte mit dem Mann, vor dem sie sich auszog, vorher zumindest befreundet sein.

Was Patrick anging war sie jedenfalls mehr als bereit dazu, ihre körperliche Beziehung zu vertiefen. Sie mochte ihn. Er war lustig, sah gut aus und schien aufrichtig an ihr interessiert zu sein. Sie hatte ihm letzte Woche sogar gesagt, dass sie bereit dafür wäre, aber er hatte sie nur wie ein kleines Mädchen auf die Stirn geküsst und gesagt, dass *sie* vielleicht bereit dazu wäre, aber *er* noch nicht. Julie hätte fast geglaubt, dass er ihr einen Korb geben wollte, wenn er ihr danach nicht die Seele aus dem Leib geküsst und sie mit seinem Mund auf ihren Brustwarzen fast zum Orgasmus gebracht hätte. Seitdem hatten sie sich jeden Tag gesehen.

Patrick beugte sich vor und schaltete den Fernseher aus. Julie sah noch, wie die Zombies lautlos über die Mauer kletterten, die um Israel errichtet worden war. Was auch immer es war, worüber Patrick mit ihr sprechen wollte, bevor sie ihre Beziehung auf die nächste Ebene brachten, sie hatte das Gefühl, dass es jetzt so weit war.

»Du hast mir zwar gesagt, dass es dir nicht mehr wichtig ist, mit den SEALs zu reden, die dich gerettet haben, aber ich habe mit ihnen gesprochen und sie wären dazu bereit, sich mit dir zu treffen.«

Julie erstarrte. Oh Gott. Sie hatte gewusst, dass es früher oder später dazu kommen würde. Sie versuchte, es herunterzuspielen. »Es ist in Ordnung. Ich habe meine Meinung geändert. Ich habe mit dem Thema abgeschlossen.« Das war natürlich eine Lüge, aber sie wollte es nicht riskieren, bei ihrem Entschuldigungsversuch dieselbe Ablehnung zu erfahren wie bei dem Treffen mit Fiona.

Patrick drehte Julie in seinen Armen herum und zog sie auf seinen Schoß, bis sie sich auf ihn setzte, ihre Arme um seinen Hals legte und ihm in die Augen sah.

»Julie. Ich denke, du solltest das tun. Ich habe gehört, was du mir bei unserem ersten Treffen am Strand erzählt hast.«

»Wirklich, Patrick, es geht mir gut. Ich brauchte nur ...«

»Es geht dir nicht gut.«

»Doch, das tut es«, beharrte Julie. Obwohl es selbst in ihren eigenen Ohren nicht sehr überzeugend klang.

»Letzte Woche bist du hier auf der Couch eingeschlafen«, sagte Patrick leise und in ernstem Tonfall. »In dem Moment, in dem du die Augen zugemacht hast, hast du angefangen zu träumen. Ich habe es gesehen. Du hast im Schlaf gewimmert und immer wieder gesagt: ›Es tut mir leid!‹ Du hast erst aufgehört, als ich mich neben dich gesetzt und dich in die Arme genommen habe. Du bist erst später wieder wach geworden, als ich dich aufgeweckt habe, um dich nach Hause zu bringen.«

Julie starrte Patrick bestürzt an.

»Es frisst dich innerlich auf. Du brauchst das.«

Sie sah nach unten, knabberte an ihrer Unterlippe und schwieg. Sie wusste nicht, was sie sagen sollte.

»Was hält dich zurück?«

Julie wollte es ihm nicht erzählen, aber er war auf ihrer Seite. Er hatte sich die ganze Zeit so gut ihr gegenüber verhalten. Er hatte sie ermutigt, wenn sie an sich selbst oder an ihrem Vorhaben mit dem Laden zweifelte. Er hatte sie unterstützt und sie zum Lachen gebracht. Er war ein guter Küsser und in seiner Gegenwart fühlte sie sich niemals als Hexe, so wie früher in ihrem Leben.

Aber am wichtigsten war, dass Julie ihn mochte. Wenn sie irgendwann eine echte Beziehung mit ihm haben wollte, dann musste sie darüber hinwegkommen. Er war der Kommandant dieser SEALs, um Himmels willen. Früher oder später würden sie sich zwangsläufig begegnen, wenn sie mit Patrick zusammenblieb. Eigentlich war es ein Wunder, dass es nicht längst schon passiert war, aber sie wusste, dass Patrick wahrscheinlich dafür gesorgt hatte.

»Was ist, wenn sie meine Entschuldigung nicht annehmen?«

»Das werden sie«, erwiderte Patrick sofort und wusste genau, wen sie meinte.

»Fiona hat es nicht getan«, gab sie mit leiser Stimme zurück. »Warum sollten sie es tun?«

»Was meinst du, Fiona hat es nicht getan?«, fragte Patrick besorgt. Er legte seinen Finger unter ihr Kinn und hob ihren Kopf an. »Ich weiß, dass du sie ein Mal in deinem Laden gesehen hast und dass ein paar unschöne Worte gefallen sind.«

Patrick hatte mit den Männern über den Vorfall gesprochen. Er wusste, dass es kein sehr freundliches Aufeinandertreffen war, aber soweit er wusste, hatte keine der Frauen übertrieben reagiert. Nach allem, was sie selbst durchgemacht hatten, glaubte er nicht, dass sie dazu in der Lage wären.

Julie schüttelte den Kopf. »Nicht wirklich. Schau, ich will ihren Freundinnen keinen Vorwurf machen. Ich war im Dschungel gemein zu Fiona gewesen und sie und ihre Freundinnen haben das Recht, nicht mit mir reden zu wollen.«

»Julie, ich habe mit den Männern gesprochen. Obwohl du es vielleicht vermutest, weißt du wahrscheinlich nicht, dass Fiona mit dem SEAL verheiratet ist, der euch gerettet hat. Ich habe mit ihm geredet. Cookie weiß, dass du Fee gesehen und versucht hast, dich zu entschuldigen. Wenn sie dir gegenüber immer noch feindselig wäre, hätte er es mir gesagt.«

»Ich habe vermutet, dass sie verheiratet sind«, sagte Julie leise und spürte, wie das Loch in ihrer Magengegend immer größer wurde. »Aber ich glaube, ich habe es nicht wirklich realisiert, bis ich sie gesehen habe.«

»Ja«, bestätigte Patrick.

»Ich werde weder mit ihm noch mit den anderen reden«, sagte Julie entschlossen.

»Julie, du ...«

»Nein!« Sie bemühte sich, von Patricks Schoß aufzustehen, erleichtert, als er sie gehen ließ. »Ich kann nicht. Sie war verärgert, mich zu sehen. Ich weiß, dass ihr Mann sauer auf mich sein muss.« Julie ging auf und ab, als sie fortfuhr: »Ich kann ihn nicht sehen. Ich dachte, ich könnte es ... bevor ich sie getroffen habe. Aber jetzt, wo ich weiß, dass sie zusammen sind? Dass die Bindung zwischen ihnen in diesem verdammten Dschungel entstanden ist, dass sie sich verliebt und geheiratet haben?« Sie starrte Patrick an und wusste nicht, wie sie ihre Gedanken in Worte fassen sollte.

Julie dachte nicht *wirklich*, dass der hübsche SEAL sich für *sie* interessiert hätte, selbst wenn sie nicht so eine Hexe gewesen wäre, aber sie konnte den Gedanken nicht mehr loswerden. »Ich gehe davon aus, dass genau das passiert ist, oder?«, beendete sie ihre Ansprache.

»Im Grunde ja.«

»Ja. Also, dann kann ich es nicht tun.«

»Es sind meine Männer«, sagte Patrick mit leiser, trauriger Stimme. »Ich möchte, dass du dabei bist, wenn wir Firmenpicknicks machen. Ich möchte, dass du ein Teil meines Navy-Lebens bist. Wenn du ihnen nicht gegenübertreten kannst, dann kannst du das nicht sein.«

Julie spürte, wie ihr das Herz brach. Es schien, als würde sie das Beste, was ihr seit Langem in ihrem Leben passiert war, verlieren, bevor es wirklich ihr gehörte. Aber sie war ein Feigling. Sie konnte Fiona nicht wiedersehen. Sie konnte sich nicht der Kritik stellen, die sie in den Gesichtern ihrer Freundinnen gesehen hatte. Sie konnte sich nicht dem Mann stellen, der in Mexiko ihre schlimmste Seite gesehen hatte, dem Mann, der Fiona liebte. Sie konnte es einfach nicht.

»Ich kann nicht.«

»Dann werde ich dich nach Hause bringen. Ich gebe dir etwas Zeit, um darüber nachzudenken. Wir werden später reden.«

Julie nickte, sie war innerlich taub. Sie hätte niemals nach Kalifornien ziehen dürfen. Sie hatte vielleicht nicht gewusst, dass die SEALs hier lebten, aber sie hätte wissen müssen, dass die Möglichkeit bestand, dass sie auf dem nahe gelegenen Marinestützpunkt stationiert sind.

Patrick half ihr in ihre Jacke und führte sie nach draußen zu seinem Wagen. Wie immer öffnete er ihr die Tür und wartete, bis sie sich gesetzt hatte, bevor er sie schloss. Wortlos stieg er ein und schweigend fuhren sie zu ihrer Wohnung.

Er bog auf den Besucherparkplatz ein und drehte sich zu ihr um. »Ich mag dich, Julie. Ich möchte mit dir zusammen sein. Ich bin dreiundvierzig Jahre alt.« Er sah, wie sie sich umdrehte und ihn ungläubig anstarrte. »Ich weiß, ich habe dir nie mein Alter verraten, aber jetzt weißt du es. Ich bin alt genug, um zu wissen, was ich von einer Partnerin will. Ich bin aus einem bestimmten Grund nie verheiratet gewesen. Ich habe noch niemanden gefunden, mit dem ich mir vorstellen kann, für den Rest meines Lebens zusammen zu sein ... bis jetzt. Ich weiß, dass der Altersunterschied zwischen uns fünfzehn Jahre beträgt, aber das ist mir egal.«

»Patrick ...«, begann Julie, ohne zu wissen, was sie sagen sollte. Aber sie musste auch nichts sagen, weil er fortfuhr.

»Ich weiß, dass du mit deinen Dämonen kämpfst, das tun wir alle. Glaubst du, nach all den Jahren als SEAL bei der Navy wüsste ich das nicht? Ich habe Dinge gesehen, die deine schlimmsten Vorstellungen übersteigen würden. Aber du musst gegen diese Dämonen ankämpfen, sonst übernehmen sie die Kontrolle über dich. Und, Liebling, sie stehen kurz davor, es zu schaffen. Während des letzten Monats habe ich es gesehen. Als du mich zum ersten Mal angerufen hast, wollte ich mich zunächst nicht mit dir treffen, aber du hast nein nicht als Antwort akzeptiert. Du warst dir so sicher gewesen, was du tun musst, um dein Leben weiterzuleben. Aber jetzt gibst du beim ersten Anzeichen von Widrigkeiten auf. Und ich weiß, dass du nicht so bist.«

»So *bin* ich. Du warst nicht dabei, du warst nicht ...«

»Ich war nicht dabei«, unterbrach Patrick sie

entschieden, »aber ich habe mich in ähnlichen Situationen befunden. Ich bin in vielen Ländern gewesen und habe Entführungsopfer gerettet. Manche waren gefasst, einige hatten Angst, andere waren kämpferisch oder feindselig. Ich habe es *gesehen*. Aber Julie, du hast mir selbst gesagt, dass du jetzt ein anderer Mensch bist als damals. Und ich mag die Julie, die jetzt gerade vor mir sitzt. Wird dich jeder auf dieser Welt mögen und dein bester Freund sein wollen? Nein. Ich habe auch Feinde. Ich kann ein wirklich hartes Arschloch sein und es gibt SEALs im ganzen Land, die sicherlich keine Träne vergießen würden, wenn ich plötzlich dahinscheide. Aber Julie, das ist *ihr* Problem, nicht meins.

Ich habe Freunde, gute Freunde. Ich bin zufrieden mit meinem Leben. Wenn ich die Chance hätte, würde ich alles noch einmal genauso machen? Natürlich nicht, aber das ist ein Teil des Lebens. Aus deinen Fehlern lernst du und machst weiter. Ich möchte, dass du mit mir zusammen weitermachst. Aber wenn das passieren soll, musst du das tun, wofür du hierher umgezogen bist – entschuldige dich und bedanke dich bei meinen Männern. Was sie daraus machen, liegt bei ihnen, nicht bei dir.«

»Aber es sind deine Männer.«

»Das sind sie. Und ich kenne sie. Glaubst du, ich

würde dir diesen Rat geben, wenn ich davon ausgehen müsste, dass sie dir wehtun? Auf keinen Fall, verdammt noch mal. Aber du musst mir und ihnen vertrauen. Und noch wichtiger ist, dass du das tun musst, was *du* brauchst, um weiterzumachen. Und Gott, Julie, ich wünsche mir, dass du mit mir weitermachen kannst. Ich wünsche mir nichts sehnlicher, als dich mit meinen Küssen aufzuwecken und in unser Schlafzimmer zu bringen, wo du in Sicherheit bist und jede Nacht ruhig wie ein Murmeltier schlafen kannst, anstatt dich aufzuwecken und nach Hause zu fahren. Ich möchte deinen süßen kleinen Körper von außen und von innen erforschen, dich schmecken, hören, wie du klingst, wenn ich mich tief in dir vergrabe – aber das kann ich erst, wenn ich weiß, dass du bei mir bleibst. Wenn ich mir sicher sein kann, dass unsere Beziehung eine Zukunft hat.«

»Patrick«, stöhnte Julie.

»Ich weiß, dass es nicht fair von mir ist, aber ich muss es auf den Punkt bringen. Ich mag dich. Ich will dich. Aber du musst dir selbst vergeben und dann zulassen, dass meine Männer dir vergeben. Am Wochenende findet ein Firmenpicknick in La Jolla statt. Normalerweise machen wir das am Strand von Coronado, aber alle wollten mal etwas Neues ausprobieren. Ich würde gern dieses Thema mit der Entschuldigung vorher aus dem Weg räumen, damit du mich dorthin begleiten kannst und wir gemeinsam in die Zukunft sehen können.«

Er wartete einen Moment und sagte dann mit leiser, eindringlicher Stimme: »Ich habe das Gefühl, dass du die Richtige für mich bist, Julie. Ich weiß, dass wir uns nicht unter normalen Umständen kennengelernt haben, aber ich danke Gott jeden Tag dafür, dass du in Virginia jemanden kanntest, der Kontakte zu einem Navy SEAL hatte. Ich würde fast sagen, es ist erstaunlich, dass er Tex kannte, aber Tex kennt ja fast jeden. Er ist ein sehr wichtiger Teil unseres Teams und hatte seinen Anteil daran, jede einzelne der Frauen zu retten, die jetzt mit den Männern liiert sind. Wenn er gedacht hätte, dass du Cookie oder Fiona oder jemand anderem im Team schaden wolltest, hätte er dir meine Nummer nicht gegeben. Bitte, Liebling! Komm am Samstag mit und lass uns das tun, damit wir den Rest unseres Lebens zusammen sein können.«

Für einen Moment starrte er Julie an, dann drehte er sich um und stieg aus. Er hielt ihr die Tür auf, half ihr beim Aussteigen, beugte sich vor und küsste sie auf die Stirn. Es gab keine Ausreden und kein Entkommen.

»Schlaf gut, und das meine ich, Julie. Ich hoffe,

wir sehen uns in ein paar Tagen.« Patrick drückte ein Mal ihre Schultern und dann war er fertig.

Wie in Trance ging Julie zu ihrer Wohnung. Jedes einzelne von Patricks Worten brannte in ihrem Gehirn.

Er hatte recht. Sie wusste, dass er recht hatte. Aber es war auch eines der schwierigsten Dinge, die sie jemals in ihrem Leben tun müsste, wenn sie am Samstag dort auftauchen und mit seinen Männern sprechen sollte. Sie war sich nicht sicher, ob sie bereit dazu war, nicht einmal für Patrick. Sie würde sich nicht nur seinen Männern öffnen, von denen sie bestenfalls gleichgültig und schlimmstenfalls herablassend behandelt werden würde, sondern sie würde Patrick auch ohne Zweifel wissen lassen, dass sie mit ihm zusammen sein wollte.

Sie wusste ehrlich gesagt nicht, ob sie das schaffen würde.

KAPITEL ZEHN

Am nächsten Tag quälte Julie sich aus dem Bett mit dem Wissen, dass sie nicht länger schlafen konnte als die drei Stunden, die sie zwischen ihren Albträumen geschlafen hatte. Sie zog ihren Badeanzug, eine kurze Hose, ein T-Shirt und rosa Flipflops an. Dann schnappte sie sich Sonnencreme, ein Handtuch und ihr Handy. Sie sprang in ihren Wagen und fuhr zu ihrem Laden, um zum ersten Mal seit ihrem Umzug nach Kalifornien ein Schild in die Tür zu hängen mit der Aufschrift »Wegen Krankheit geschlossen«. Sie brauchte einen Tag Auszeit, um darüber nachzudenken, was sie mit ihrem Leben anfangen wollte.

Nachdem das erledigt war, fuhr sie zum Strand. Sie war schon immer gern geschwommen und war auch sehr gut darin. In Virginia war sie fast jeden Tag ins Schwimmbad gegangen, um einige Bahnen hinter sich zu bringen und in Form zu bleiben. Jetzt war sie in Südkalifornien, sie brauchte Sonne und Sand. Das sollte dabei helfen, ein paar Wunden zu heilen.

Julie hielt auf dem Strandparkplatz von La Jolla. Teilweise hatte sie diesen Ort gewählt, weil sie Patrick hier zum ersten Mal getroffen hatte. Sie ging zu einem Abschnitt des Strandes, an dem viele andere Menschen in der Sonne badeten und Spaß hatten. Sie wollte nicht alleine sein und zwischen den Familien, die ihren Tag am Strand genossen, fühlte sie sich wohl.

Sie breitete ihr Handtuch auf dem Sand aus und zog sich aus. Sie legte sich hin und versuchte, sich zu entspannen. Julie schloss die Augen und spielte verschiedene Szenarien in ihrem Kopf durch. Sie dachte an die Szene in ihrem Laden mit Fiona und ihren Freundinnen zurück. Wenn sie ehrlich war, konnte sie keiner von ihnen einen Vorwurf machen, sich so verhalten zu haben, wie sie es getan hatten.

Sie hatte sich keine Gedanken darüber gemacht, was es bedeuten würde, Fiona gegenüberzutreten. Aber wenn *sie* so schlecht behandelt worden wäre wie Fiona von ihr, dann hätte Julie mit Gewissheit genauso reagiert wie Fiona und ihre Freundinnen. Um fair zu sein, hatte Fiona ihr ihre Entschuldigung nicht einmal um die Ohren geschleudert, sondern sie nur schockiert angesehen.

Zum ersten Mal seit diesem schrecklichen Tag fragte Julie sich, ob sie Fiona vielleicht, und nur vielleicht, dazu bringen könnte, ihr zuzuhören, wenn sie es noch einmal versuchen würde. Sie wusste, dass sie wahrscheinlich nie beste Freundinnen werden würden, aber das war okay. Doch wenn Julie mit Patrick zusammen sein wollte, dann würden sie sich zwangsläufig ab und zu sehen.

Julie wusste nicht, ob der Kommandant regelmäßig mit den SEALs abhing. Sie ging davon aus, dass die Beziehung eher professionell war. Wenn er sie auf gefährliche Missionen schickte und Entscheidungen treffen musste, die für sie Leben oder Tod bedeuteten, war er wahrscheinlich eher ein professioneller als ein persönlicher Freund. Er hatte jedoch auch angedeutet, dass die SEALs für ihn wie eine Familie waren. Sie könnte es wahrscheinlich ertragen, Fiona und ihre Freundinnen gelegentlich zu sehen, besonders wenn sie sich keine Sorgen machen müsste, in ihre enge Gemeinschaft zu passen, aber sie war sich nicht sicher, ob sie es verkraften würde, sie regelmäßig und auf freundschaftlicher Basis sehen zu müssen. Das wäre wahrscheinlich zu schmerzhaft für Fiona und für Julie definitiv unangenehm.

Dann waren da noch die SEALs selbst. Sie hatte sich definitiv nicht von ihrer besten Seite gezeigt, aber Männer waren in der Regel weniger nachtragend. Von Fionas Ehemann einmal abgesehen könnten die anderen ihr vielleicht verzeihen, dass sie eine Hexe gewesen ist. Cookie zu überzeugen, dass sie sich verändert hatte und nicht mehr die schreckliche Person war, die er im Dschungel kennengelernt hatte, würde wesentlich schwieriger werden. Aber vielleicht konnte sie auch das schaffen.

Julie war sich bewusst, dass ihre Einstellung sich seit gestern Abend geändert hatte, aber sie hatte lange und gründlich über das nachgedacht, was Patrick am Abend zuvor zu ihr gesagt hatte. Und sie war zu dem Schluss gekommen, dass er recht hatte. Darüber hinaus wollte sie auch mit ihm zusammen sein. Und wenn das bedeutete, dass sie sich zusammenreißen und einstecken musste, was auch immer die SEALs erwidern würden, dann würde sie das tun. Patrick war ihr wichtiger. Julie hatte keine Ahnung, wie es so schnell dazu gekommen war, aber so war es.

Außerdem musste sie mit ihrem Leben weitermachen. Deshalb war sie überhaupt erst nach Kalifornien gezogen. Die Albträume hatten wieder zugenommen, seit sie Fiona getroffen hatte, und es war offensichtlich, dass sie etwas dagegen unternehmen musste. Ob sie ihr vergeben würden oder nicht, war zu diesem Zeitpunkt fast zweitrangig geworden. Sie würde das Beste tun, was sie konnte, und das müsste für ihre Psyche ausreichen.

Julie fühlte sich ausgeglichen. Sie genoss die Wärme der Sonne und die leichte Brise, die vom Wasser herüberwehte, und war zufrieden mit ihren Zukunftsplänen, als sie plötzlich einen Schrei hörte. Sie ignorierte es zunächst. Offensichtlich kam er von ein paar Kindern, die in der Brandung spielten.

Dann wurden die Schreie immer lauter und panischer. Julie setzte sich auf, öffnete die Augen und hielt sich eine Hand schützend an die Stirn, um die blendende Sonne abzublocken. Da waren ungefähr zwanzig Teenager im Wasser, die verzweifelt mit den Händen fuchtelten und um Hilfe schrien.

Julie sah sich um. Drei Rettungsschwimmer liefen in Richtung Meer. Sie wusste, dass drei Menschen auf keinen Fall so viele Kinder aus dem Wasser retten konnten. Sie brauchten Unterstützung.

Fast ohne nachzudenken, griff Julie nach ihrem Handy. Sie entsperrte den Bildschirm und öffnete die Kontaktliste. Sie drückte auf Patricks Nummer und sah voller Schreck, wie der Horror vor ihren Augen seinen Lauf nahm.

Die Kinder steckten in einer mächtigen Ripströmung fest, die sie schnell weiter und weiter ins offene Meer hinauszog. Erst letztes Jahr vor ihrer Entführung hatte Julie alles über diese gefährlichen Strömungen gelernt. Sie hatte mit ein paar Freundinnen Urlaub in Florida gemacht und sie hatten dort unten auch so eine Strömung erlebt. Ein Mann war in die Strömung geraten und hatte es nicht mehr allein zurück ans Ufer geschafft. Zum Glück war ein Rettungsschwimmer sofort in Aktion getreten und hatte den Mann gerettet. Danach hatte er der Menge von Schaulustigen eine spontane Lektion über Strömungen gegeben, wodurch sie verursacht werden und vor allem wie man sich verhalten soll, wenn man selbst einmal hineingerät.

Und auf keinen Fall sollte man jemals das tun, was die Kinder im Wasser jetzt taten. Sie gerieten in Panik und versuchten, direkt zurück ans Ufer zu schwimmen. Sie waren definitiv nicht stark genug, um gegen die Strömung anzukommen und es ins flache Wasser zurückzuschaffen. Sie würden sich nur selbst vollkommen verausgaben, und das Risiko zu ertrinken würde größer werden.

Als Julie schließlich nicht mehr daran glaubte, dass Patrick abnehmen würde und sie den mysteriösen Tex anrufen müsste, hörte sie: »Kommandant Hurt am Apparat.«

»Oh Gott sei Dank! Patrick, hier ist Julie.«

»Was ist passiert?«

Sie war dankbar, dass er sofort wusste, dass etwas nicht stimmte. »Ich bin am Strand von La Jolla und es gibt eine mächtige Ripströmung. Ungefähr zwanzig Kinder kämpfen gegen das Ertrinken an und es gibt nur drei Rettungsschwimmer. Ich weiß nicht, ob du etwas ausrichten kannst, aber ich dachte vielleicht ...«

»Ich bin dran. Geh nicht ins Wasser, hast du mich verstanden?«

»Ja, beeil dich, Patrick. Es sieht nicht gut aus.«

»Werde ich. Wir reden später.«

»Tschüss.« Julie legte auf und trat aufgeregt von einem Fuß auf den anderen. Sie kaute auf den Fingernägeln und betete zu Gott, dass sie nicht mit ansehen musste, wie die Kinder für immer untergingen. Ihre Köpfe wurden immer kleiner, als sie immer weiter ins Meer hinausgezogen wurden.

»Johnnie!«

Bei dem lauten Schrei hinter ihr drehte Julie sich um. Eine Frau lief zum Wasser und versuchte verzweifelt, ihr Kind zu packen, das etwas zu weit ins Wasser gegangen war. Julie wollte mit der Mutter schimpfen, weil sie nicht besser auf ihr Kind aufgepasst hatte. Wer ließ denn sein Kind ins Wasser gehen, wenn man sehen konnte, was los war?

Julie handelte, ohne nachzudenken. Sie ließ ihr Handy auf das Handtuch fallen und lief auf den kleinen Jungen zu. Vielleicht könnte sie ihn erreichen, bevor er ins Meer gezogen wurde. Sie lief an der hysterischen Frau vorbei und schrie sie an: »Ich hole ihn!«, bevor sie ins Wasser tauchte und so schnell sie konnte zu dem in Panik geratenen kleinen Jungen schwamm.

Julie blendete ihre eigene Angst aus und dachte nicht an die Gefahr, in die sie sich selbst brachte. Mit harten Zügen glitt sie durchs Wasser. Es dauerte nicht lange, bis sie spürte, wie sie von der Strömung mitgerissen wurde. Es half ihr in dem Moment, schneller zu dem Jungen zu gelangen. Er trieb im Wasser auf und ab und geriet in Panik. Wellen spülten über seinen kleinen Kopf und er schluckte eine Menge Salzwasser. Endlich war sie nahe genug, um seinen Arm zu greifen. Wie die meisten Ertrinkenden klammerte er sich sofort mit beiden Armen um ihren Hals und versuchte, an ihr nach oben zu klettern, in Richtung des kostbaren Sauerstoffs, nach dem sein Körper so sehr verlangte, und zog sie dabei fast nach unten.

Julie tauchte mit dem Kopf unter, wie sie es vor langer Zeit in einem Rettungsschwimmerkurs gelernt hatte, und griff unter Wasser nach dem Jungen. Er ließ sofort los, um nahe an der Wasseroberfläche zu bleiben. Julie konnte ihn schließlich umdrehen, bis er auf dem Rücken lag. Dann tauchte sie wieder auf, legte einen Arm um ihn, zog ihn an sich und hielt ihn an ihrer Brust fest, während sie sich mit den Beinen und ihrem freien Arm über Wasser hielt.

»Ich habe dich, du bist in Sicherheit. Entspann dich. Wehre dich nicht gegen mich. Hör auf zu kämpfen.« Ihre Worte schienen ihn schließlich zu erreichen und der Junge beruhigte sich. Er hielt sich immer noch mit beiden Händen an ihrem Arm vor seiner Brust fest und grub seine kleinen Fingernägel in ihre Haut. Aber er hatte aufgehört zu schlagen. Julie ignorierte den Schmerz in ihrem Arm und prüfte zum ersten Mal, seit sie ins Wasser gesprungen war, die Umgebung.

Sie bekam einen Schreck. Sie waren verdammt weit weg vom Ufer.

Entschlossen sah sie sich um. Julie wusste, dass es das Beste war, parallel zur Küste zu schwimmen, um aus der Strömung herauszukommen. Sie würden sich schließlich aus der starken Strömung befreien, die sie aufs offene Meer hinauszog, aber sie hatte keine Ahnung, wie weit sie dazu schwimmen musste oder wie weit sie bis dahin von der Küste weggetrieben wären.

Aber in diesem Moment dachte Julie weder an sich selbst noch an ihren Vater oder die Situation mit Fiona und den SEALs oder die schrecklichen Dinge, die ihr passiert waren, als sie entführt worden war. Sie konzentrierte sich einzig und allein auf den kleinen Jungen in ihren Armen und darauf, sie beide sicher zurück ans Ufer zu bringen.

»Wie heißt du?«, fragte sie ihn, obwohl sie wusste, dass er Johnnie hieß. Aber sie wollte ihn von dem ablenken, was um ihn herum geschah.

»J-J-Johnnie.«

»Ich bin Julie. Hey, unsere Namen fangen beide mit J an. Cool, oder?«

»Ja«, sagte Johnnie unsicher.

»Wie alt bist du?«

»Fünf.«

»Fünf? Das heißt, du gehst schon in den Kindergarten, oder?«

»Ja.«

»Hast du schon einmal Schwimmunterricht gehabt?«

»Ja.« Zum ersten Mal, seit Julie angefangen hatte, mit ihm zu reden, war er aufmerksamer. »Ich bin ein guter Schwimmer. Das sagt sogar mein Lehrer.«

»Also weißt du, wie man sich treiben lässt?«

»Sich treiben lassen ist für Babys.«

Julie musste lächeln. »Okay, dann machen wir jetzt Folgendes. Ich werde dich loslassen und ...«

»Nein! Nicht loslassen!«, schrie Johnnie und bohrte seine Fingernägel tiefer in ihren Arm.

»Johnnie, hör zu! Ich werde dich nicht alleine lassen. Ich werde nur meinen Arm von deiner Brust nehmen, damit du dich auf deinem Rücken treiben lassen kannst. Das musst du für mich tun, damit ich dich zum Ufer ziehen kann, okay?«

»Versprochen?« Seine Stimme war wackelig und Julie merkte, dass er den Tränen nahe war.

»Ich verspreche es, Johnnie. Du kannst dich die ganze Zeit bei mir festhalten, okay?«

»Okay. Bitte lass mich nicht los.«

»Das werde ich nicht. Ich nehme jetzt meinen Arm weg und du legst dich auf den Rücken. Ich bin immer noch hier bei dir.« Sie war erleichtert, als er tat, was sie verlangte, und seinen Kopf zurücklegte, bis er in den Himmel schaute. Julie fing an, stärker mit den Füßen zu treten, und schob beide Hände unter ihn. Eine Hand legte sie auf sein Schulterblatt und die andere auf seinen Rücken. Sie wusste, dass sie nicht ewig so neben ihm schwimmen konnte, aber er musste zunächst Vertrauen gewinnen. Julie versuchte, die nächsten Schritte zu planen. Johnnies kleiner Körper war angespannt und er ließ sich nicht wirklich treiben, aber Julie hoffte, dass sie damit arbeiten könnte.

»Gut gemacht. Das machst du sehr gut, Johnnie. Ich bin stolz auf dich. Jetzt muss ich eine Hand von deinem Rücken wegnehmen, damit ich besser schwimmen kann, aber ich bin hier, ich werde dich nicht loslassen.«

»Okay, Julie, ich vertraue dir.«

Julie atmete erleichtert auf. Gott sei Dank konnte sie jetzt eine Hand zum Schwimmen benutzen. Sie trat weiter mit den Beinen und versuchte, die optimale Technik für den Arm herauszufinden. So weit, so gut. Sie bewegten sich seitwärts. Sie hatte keine Ahnung, wie lange es dauern würde, bis sie der Strömung entkommen würden, aber jeder Meter seitwärts und nicht in Richtung offenes Meer war ein Fortschritt.

Langsam, aber sicher schwamm Julie zur Seite

und sah, wie das Ufer immer kleiner wurde. Lieber Gott, sie hatte keine Ahnung, dass die Strömungen so lange anhalten würden. Sie hatte gedacht, dass sie nachlassen würden, sobald sie eine gewisse Entfernung vom Ufer erreicht hatten. Offensichtlich hatte sie sich geirrt.

Gerade als sie dachte, sie würden es niemals schaffen, der Strömung zu entkommen, spürte Julie, wie der Sog des Wassers nachließ. Sie schwamm weiter, bis sie sich sicher war, dass sie nicht mehr gegen die starke Strömung ankämpfte. Gott sei Dank!

»Weißt du was, Johnnie?«

»Was?«

»Wir werden jetzt wieder zum Strand zurückschwimmen. Was hältst du davon?«

»Ja. Ich will zu meiner Mommy.«

»Ich weiß. Du bist sehr mutig.«

Julie wurde klar, dass sie im Moment überhaupt keine Furcht verspürte. Es war erstaunlich, dass sie keine Angst um sich selbst hatte, während sie versuchte, jemand anderen zu retten. Vage fragte sie sich, ob das für die SEALs genauso war, wenn sie auf einer Mission waren.

Dann kam ihr ein anderer Gedanke. So ängstlich Johnnie auch war und wie sehr er sie in seiner Angst auch verletzt hatte, es war ihr egal. Sie würde trotzdem ihr Bestes geben, um ihm zu helfen.

Es war wie eine Offenbarung, aber sie hatte keine Zeit, sich weiter damit zu beschäftigen.

»Willst du für einen Moment versuchen, selbst Wasser zu treten, Johnnie?« Julie brauchte eine Pause. Sie hatte noch einen langen Weg zurück zum Ufer vor sich. So sehr sie es auch wollte, sie wusste, dass sie in Schwierigkeiten kommen würde, sollte sie sich nicht für einen Moment ausruhen.

Sie half Johnnie, sich herumzudrehen, und hielt ihn am Ellbogen fest, als er sie mit seinen Füßen trat, während er versuchte zu schwimmen.

»Ich bin müde.«

»Ich weiß, dass du das bist, Baby, und wir werden dich so schnell wie möglich zum Ufer zurückbringen.«

»Aber ich will jetzt sofort zurück«, beschwerte Johnnie sich gereizt.

Julie realisierte, dass die Pause vorbei war. Es war nicht lange genug gewesen, aber der kleine Junge hatte offensichtlich zu viel Angst und war zu müde, um es noch viel länger im Wasser auszuhalten.

»Okay, Johnnie, leg dich wieder auf den Rücken und tritt mit den Beinen, ich bringe uns zurück zum Ufer.«

Der kleine Junge jammerte weiter, während Julie sich neben ihm abmühte, sie langsam in Sicherheit zu bringen.

»Sind wir endlich da? Ich will zu meiner Mommy!« Hilflos sah Julie zu, wie Tränen über sein kleines Gesicht liefen und im blauen Wasser des Ozeans verschwanden.

Beim Geräusch eines Motorbootes hob sie den Kopf. Gott sei Dank, die Kavallerie war da! Vier Boote kamen in ihre Richtung. Sie flogen regelrecht übers Wasser. Auf dem Land hätten sie mit der Geschwindigkeit, mit der sie unterwegs waren, sicherlich gegen das Gesetz verstoßen. Im Moment konnte Julie sich aber keinen schöneren Anblick vorstellen.

Julie drehte sich um, um einzuschätzen, wie weit sie von der Strömung entfernt waren. Überrascht sah sie, dass die anderen Köpfe ziemlich weit von ihr entfernt im Wasser trieben. Die Boote rasten an ihr und Johnnie vorbei auf die Teenager zu, die ursprünglich ins Meer hinausgezogen worden waren.

»Warum fahren sie an uns vorbei? Werden wir sterben? Ich will zu meiner Mommy!«, weinte Johnnie. Julie sah, dass er den Kopf umgedreht hatte und den Rettungsbooten hinterhersah.

»Sie werden gleich zurückkommen. Dahinten sind ein paar Kinder, die ihre Hilfe dringender brauchen als wir. Kinder, die nicht so gut schwimmen können wie du, Kumpel. Lass dich einfach weiter treiben, sie kommen bald zurück.«

Julie hoffte, dass das der Wahrheit entsprach. Der Strand schien verdammt weit weg zu sein und sie wusste, dass ihre Kräfte nachließen. Sie wusste ehrlich gesagt nicht, ob sie es schaffen würde, beide bis ans Ufer zurückzubringen.

KAPITEL ELF

Patrick hielt den Blick auf das Wasser vor ihnen gerichtet, während Cookie über die Wellen raste. Sobald er das Telefonat mit Julie beendet hatte, hatte er das Team mobilisiert. Wie es der Zufall wollte, hielten sich alle gerade am SEAL-Trainingsstrand auf und übten mit den Rekruten einige Manöver.

Patrick war zu ihnen gelaufen und hatte noch während des Laufens Befehle gebrüllt. »Dies ist keine Übung! Mächtige Ripströmung am Strand von La Jolla. Mindestens zwanzig Menschen in Lebensgefahr.«

Das Team hatte sich schon in Bewegung gesetzt, noch bevor er zu Ende gesprochen hatte. Patrick trug als Einziger nicht die richtige Ausrüstung, aber niemand hatte ein Wort gesagt. Sein blaugrauer Kampfanzug war zwar für den Büroalltag geeignet, aber auf einer Mission auf dem Meer war er wohl eher unangemessen. Doch ohne sich darum zu kümmern, war er mit Cookie und Wolf in eines der Boote gesprungen, während die anderen die beiden anderen Boote nahmen. Zwei weitere Offiziere hatten das letzte Boot bemannt und sie hatten sich auf den Weg gemacht, ohne die genaue Lage zu kennen. Sie wussten nur, dass es ernst sein musste, wenn der Kommandant über den Strand raste und etwas über eine Ripströmung brüllte.

Patrick informierte Cookie und Wolf über das, was er wusste, während sie über das Wasser rasten. Mit jeder Bewegung des Bootes unter den Wellen beugten sich ihre Knie, als wären sie eins mit dem Boot.

»Wie haben Sie so schnell davon erfahren?«, fragte Wolf.

»Julie hat mich angerufen. Sie war am Strand, als es passiert ist.«

»Klug von ihr«, sagte Wolf.

Sie kamen am Strand von La Jolla an und sahen einige Rettungsschwimmer auf Jetskis, die Teenager zurück zum Ufer brachten.

Das SEAL-Team begann sofort, bei der Rettungsaktion zu unterstützen, und zog so viele Leute in die Boote, wie sich finden ließen. Sie hatten alle Angst und waren leicht dehydriert, weil sie zu viel Salzwasser geschluckt hatten und zu lange in der Sonne gewesen waren. Aber im Allgemeinen waren alle in Ordnung. Sie hatten Glück gehabt.

Wolf, Cookie und Hurt waren die Ersten, die mit ihrer Ladung geretteter Teenager wieder an Land gingen. Sie wurden von einer großen Menge besorgter, verängstigter und neugieriger Schaulustiger begrüßt. Als die Teenager aus dem SEAL-Boot ausstiegen, ertönte eine panische Stimme, die alles andere in dem allgemeinen Chaos übertönte.

»Wo ist mein Junge? Haben Sie ihn gefunden?«

Cookie glaubte, dass die schreiende Frau nach einem der Teenager suchte, und bemühte sich, sie zu beruhigen. »Die anderen Boote kommen gleich mit den anderen Kindern. Ich bin mir sicher, dass er dabei sein wird.«

»Aber er ist doch noch so klein. Er kann zwar schwimmen, aber nicht so gut. Er ist erst fünf.«

»Fünf?«, fragte Patrick scharf.

»Ja. Ich habe das Geschehen beobachtet und nicht bemerkt, dass er ins Wasser gegangen ist. Er hat sich schon immer für Rettungsschwimmer interessiert und hat Schwimmunterricht genommen.

Entweder wollte er sehen, was los war, oder er dachte, er könnte irgendwie helfen. Die Strömung hat ihn mitgerissen, bevor ich ihn erreichen konnte. Eine Frau ist hinter ihm hergelaufen, aber ich habe sie auch noch nicht auf einem der Boote gesehen. Sie müssen ihn finden. Er ist mein einziger Sohn. Bitte!«

Patrick sah sich unbehaglich um und konnte Julie nirgends entdecken. »Eine Frau ist ihm hinterhergelaufen? Wer?«

»Ich weiß nicht, wer sie ist. Sie hat mir nur gesagt, ich solle stehen bleiben und sie würde ihn holen.«

Patrick wandte sich an seine Männer. »Ich habe ein verdammt ungutes Gefühl.«

Wolf sagte kein Wort, aber nachdem er dem letzten Schwimmer geholfen hatte, stieg er sofort wieder ins Boot und Patrick folgte ihm. Cookie schob das Schlauchboot zurück ins Wasser, bis es tief genug war, um den Motor zu starten, und sprang hinein. Wolf startete und fuhr zurück aufs Meer.

Patrick und Cookie suchten mit ihren Ferngläsern die Meeresoberfläche ab. Sie sahen niemanden dort, wo sich die Teenager befunden hatten.

»Dehnt die Suche aus«, befahl Patrick. »Ich weiß nicht, was sie über Ripströmungen weiß, aber wenn sie überhaupt etwas weiß, dann wird sie wahrscheinlich versucht haben, parallel zum Ufer zu schwimmen, um herauszukommen. Das muss der Grund sein, warum wir sie nicht bei den anderen gefunden haben. Sie könnten sich entweder links oder rechts von diesem Bereich befinden.«

Niemand wollte die Möglichkeit erwähnen, dass sie und der vermisste kleine Junge auch ertrunken sein könnten, aber jeder der Männer dachte darüber nach.

Wolf stellte den Motor ab und schnappte sich ein Fernglas. Cookie sah nach rechts und Wolf und Patrick nach links. Sie suchten die Meeresoberfläche nach allem ab, was fehl am Platz aussehen könnte. Es war fast unmöglich, den Kopf eines Menschen in den Wellen zu sehen. Sie alle wussten das, aber keiner von ihnen sagte ein Wort.

Schließlich sagte Wolf ruhig: »Da könnte etwas sein.« Cookie ließ sofort das Fernglas fallen, ergriff das Steuer und drehte es nach links, um auf den Bereich zuzusteuern, den Wolf und Patrick abgesucht hatten.

»Steuere auf elf Uhr«, gab Wolf das Kommando an Cookie. »Ja, genau da. Jetzt geradeaus, dann stoßen wir direkt auf das, was ich gesehen habe.«

Patrick ließ das Fernglas los. Er zog es vor, mit

eigenen Augen zu sehen, was Wolf entdeckt hatte, und betete, dass es Julie war.

Das Boot steuerte langsam auf den dunklen Fleck zu. Als sie näherkamen, konnten sie einen dunkelhaarigen Kopf erkennen, der im Wasser auf und ab trieb. Dann sahen sie einen Arm, der ihnen zuwinkte.

Gott sei Dank.

»Hey Johnnie, schau«, sagte Julie aufgeregt. »Ein Boot!«

»Ein Boot? Wo?«, fragte Johnnie und richtete sich in seiner Aufregung sofort auf. Julie schluckte etwas Salzwasser, als sie sich bemühte, den Kopf des Jungen über der Wasseroberfläche zu halten.

»Beweg deine Beine, Johnnie«, bettelte sie. »Wasser treten.«

»Ich bin zu müde«, jammerte er und klammerte sich an Julies Hals.

Julie musste ihre Beine schneller bewegen, um sie beide über Wasser zu halten. Sie hielt Johnnie fest, als würde sie auf festem Boden stehen. Sie hatte ihre Hand unter seinem Hintern, und er hatte seine Beine um ihre Taille und die Arme um ihren Hals gelegt. Julie versuchte, sich mit ihrer freien Hand über Wasser zu halten.

Sie dachte über das nach, was Johnny gesagt hatte. Sie war auch müde und erschöpft, aber sie konnte noch eine Minute durchhalten, bis das Boot sie erreichte. Es wäre dumm, so kurz vor der Rettung des kleinen Jungen zu scheitern.

Nach einer gefühlten Ewigkeit war das Boot endlich da.

Jetzt, wo es direkt neben ihnen war, sah es viel größer aus als von Weitem. Sie hatte zuvor beobachtet, wie das Boot vom Strand weggefahren war und dann auf dem Wasser angehalten hatte. Sie hatte sich gefragt, was die Menschen darauf taten, aber gehofft, dass sie den Bereich nach weiteren Überlebenden absuchten. Sie hatte mit ihrer Hand gewinkt und gebetet, dass sie entdeckt würden. Erleichtert hatte sie aufgeatmet, als das Boot in ihre Richtung zu kommen schien.

Julie sah nach oben und erschrak, als sie bemerkte, wie Patrick auf sie und Johnnie herabblickte.

»Hallo.«

Wenn sie eine Hand frei und noch die Energie dafür gehabt hätte, hätte sie sich vor die Stirn geschlagen. »Hallo?« Das war es, was sie zu dem

Mann sagte, mit dem sie den Rest ihres Lebens verbringen wollte, nachdem er sich von ihr getrennt hatte und nachdem sie gerade eine gefühlte Ewigkeit im Meer getrieben war, ohne zu wissen, ob sie jemals wieder einen Fuß aufs Festland setzen würde? Großer Gott, was war sie nur für ein Trottel.

»Wie heißt du?« Patrick war ganz der Profi.

»Johnnie.«

»Hallo Johnnie. Ich bin Hurt. Die Männer hier bei mir sind Cookie und Wolf. Wie wäre es, wenn wir dich wieder an Land bringen?«

»Ich will zu meiner Mommy.«

»Ich weiß, Kumpel. Und in einer Minute wirst du wieder bei ihr sein. Kannst du mir deine Hände geben, damit ich dich ins Boot ziehen kann?«

»Nein. Ich will Julie nicht loslassen.«

Julie wandte sich von Patrick und Cookie ab und richtete ihre Aufmerksamkeit wieder auf Johnnie. Scheiße. Musste es *ausgerechnet* Cookie sein? Es sah so aus, als müsste sie sich ihm früher stellen als gedacht. Die Entscheidung war ihr soeben aus den Händen genommen worden. Aber zuerst das Wichtigste.

»Johnnie, es ist okay. Ich werde nicht loslassen, bis du sicher im Boot bist, okay? Du warst die ganze Zeit so ein tapferer Junge. Aber lass dir jetzt von

Cookie und Hurt helfen, ja? Sie sind Navy SEALS ... die Besten der Besten. Sie sind fast wie Superhelden. Sie werden nicht zulassen, dass uns etwas passiert.«

»Versprochen?«

Julie lächelte Johnnie an. »Versprochen.«

Obwohl sie es versprochen hatte, zögerte Johnnie immer noch, sie loszulassen. Offensichtlich wusste er, dass sie das Einzige war, was ihn am Leben hielt. Schließlich hob er seine Arme gerade so weit, dass Wolf seine Handgelenke packen und ihn aus dem Wasser ins Boot ziehen konnte. Julie atmete erleichtert auf. Obwohl der Junge nicht besonders schwer gewesen war, war sie erschöpft. Die Last, zu wissen, dass er sich auf sie verlassen hatte, ihn am Leben zu halten, war ebenfalls nicht zu unter-schätzen gewesen. Sie sah zu Patrick auf.

»Jetzt bist du dran, Julie. Gib mir deine Hände.«

Sie trat im Wasser und sah zweifelnd das Boot an. Es war ein Schlauchboot, wie sie es in Dokumen-tarfilmen über das SEAL-Training gesehen hatte. Auf keinen Fall würde sie es ohne Hilfe über den Rand schaffen. Sie wollte mehr als alles andere aus dem Meer herauskommen, war sich aber nicht sicher, wie sie es anstellen sollte.

»Äh, ihr habt nicht zufällig eine Leiter dabei, oder?«

Zum ersten Mal seit ihrer Ankunft lächelte Patrick sie an, als wäre sie ein Sonnenstrahl im aufsteigenden Morgennebel. »Nein. Gib mir deine Hand.«

Julie seufzte. Er lächelte, aber seine Worte waren offensichtlich ein Befehl. Julie begegnete Cookies Blick immer noch nicht und streckte Patrick eine Hand entgegen. Er packte sofort ihr Handgelenk so fest, dass sie wusste, sie würde nicht herausrutschen. Er hatte sie. Sie war in Sicherheit.

»Gib Cookie deine andere Hand. Wir ziehen dich über den Rand. Kein Problem.«

Julie sah den anderen Mann zum ersten Mal an, seit das Boot neben ihr gehalten hatte. Sie biss sich auf ihre aufgesprungene Lippe. Verdammt. Er streckte seine Hand nach ihr aus.

Als ihre Blicke sich trafen, sagte er einfach: »Es ist okay. Vertrau mir.«

Scheiße. Sie hob die andere Hand und fühlte, wie jemand sie mit sicherem Griff packte. Bevor Julie weiter darüber nachdenken konnte, wie sie ins Boot gelangen sollte, war sie auch schon drin. Die beiden Männer hatten sie einfach hochgehoben, als würde sie fünf Kilogramm anstatt fünfzig wiegen. Dann war sie in Patricks Armen.

Sie hatten sie auf dem Boden des Bootes abgesetzt, aber ihre Knie hatten sofort nachgegeben. Sie wäre fast zu Boden gefallen, aber Patrick war da. Er schlang seine Arme um sie und ließ sie hineinsinken. Er hielt sie fest. Julie fühlte, wie sich das Boot in Bewegung setzte, hob aber nicht den Kopf. Sie war zu erschöpft. Sie hatte das Gefühl, tagelang schlafen zu können.

Sie wusste, dass sie noch etwas tun musste, bevor sie entweder die Nerven verlor oder ohnmächtig wurde. Sie hob den Kopf, um nach Cookie zu suchen. Sie fand ihn am Steuer des Bootes. Er blickte in Fahrtrichtung, schaute sich aber immer wieder nach seinem Kommandanten um.

»Danke«, sagte Julie, ohne den Augenkontakt mit Cookie zu unterbrechen. »Danke, dass du gekommen bist, um mich zu retten, und dass du geduldig mit mir bist. Ich weiß, ich war eine Hexe und wahrscheinlich die schlimmste Person, die du jemals retten musstest. Ich war eine egoistische Kuh, und es tut mir leid. Du wirst mir vielleicht nicht glauben, aber ich arbeite daran, ein besserer Mensch zu werden. Ich schwöre dir, ich bin nicht mehr dieselbe Frau, die du in Mexiko getroffen hast.«

»Ich weiß, und gern geschehen.«

»Das weißt du?«, fragte Julie zugleich überrascht und verwirrt.

»Ja. Mit der Hexe, die ich in Mexiko kennengelernt habe, würde Hurt sich nicht einlassen. Und da er dich sehr mag, glaube ich dir, dass du das, was dir widerfahren ist, dazu genutzt hast, ein besserer Mensch zu werden.«

»Du bist nicht sauer auf mich? Ich war schrecklich. Außerdem habe ich gehört, dass du Fiona geheiratet hast ... ich weiß nicht ...«

»Julie. Stopp. Sicher glaube ich nicht, dass du und Fee jemals beste Freundinnen werdet. Werdet ihr plötzlich losziehen und gemeinsam einkaufen? Auf keinen Fall. Aber ich kann nachvollziehen, dass du in diesem Höllenloch unter großem Stress standest. Verarsche einfach Hurt nicht und zwischen uns wird es kein Problem geben, in Ordnung?«

Julie nickte und vergrub den Kopf an Patricks Hals. »Ich werde dich nicht verarschen«, sagte sie mit leiser Stimme zu Patrick, »aber ich kann nicht versprechen, nie wieder eine Hexe zu sein. Ich glaube, ich habe das Gen dafür. Es ist tief vergraben, aber es ist immer noch da.«

Patrick lachte leise. »Mit dem Hexen-Gen werde ich es aufnehmen.«

»Okay. Patrick?«

»Ja, Liebling?«

»Danke, dass du mich gefunden hast. Ich hatte solche Angst.«

»Das hast du gut gemacht, Julie. Mit Ausnahme der Tatsache, dass du mitten in eine Ripströmung gesprungen bist, nachdem ich dir ausdrücklich gesagt hatte, du sollst nicht ins Wasser gehen. Darüber müssen wir noch sprechen.«

Julie hob den Kopf und sah Patrick an. Sie sprach leise, damit Johnnie nichts hörte. »Er hätte auf keinen Fall überlebt. Die Rettungsschwimmer waren bereits alle im Wasser und haben versucht, den anderen zu helfen. Es war sonst niemand da, der ihm nachgegangen wäre.«

Patrick antwortete nicht, sondern legte seine Hand auf ihren Hinterkopf und zog sie wieder an seinen Hals. Den restlichen Weg zurück zum Strand hielt er sie fest an sich gedrückt. Als sie ans Ufer kamen, fuhr Cookie mit dem Boot so nahe wie möglich an den Strand und Wolf hob den kleinen Jungen aus dem Boot. Die Mutter war sofort da und nahm ihren Sohn entgegen, der zu weinen anfing, als er sicher wieder in den Armen seiner Mutter war.

»Wo sind deine Sachen?«, fragte Patrick Julie.

Sie hob den Kopf und schaute dorthin, wo sie ihre Sachen liegen gelassen hatte. Sie konnte sie über den Rand des Bootes zwischen den Menschen sehen, die sich am Strand drängten. »Dort drüben, neben den drei Polizisten.«

Wolf ging zu den drei Männern, sammelte Julies Sachen ein und kam zurück zum Boot. Ohne ein Wort stieg er ein und Cookie fuhr mit dem Boot zurück aufs Meer hinaus. Die Männer in den anderen Booten folgten ihnen. Sie hatten mit den Rettungsschwimmern und der örtlichen Polizei gesprochen. Erstaunlicherweise waren alle unbeschadet davongekommen. Die Rettungsschwimmer und die SEALs hatten alle wieder sicher und gesund an Land gebracht.

Auf dem Rückweg nach Coronado fuhren sie viel langsamer als zuvor. Patrick saß immer noch mit Julie auf dem Boden des Bootes und sie bewegten sich nicht.

Die Rückfahrt verlief relativ still, bis Wolf plötzlich etwas bizarr fragte: »Weiß Johnnie, wer du bist, Julie?«

Sie hob den Kopf und sah Wolf an. »Was meinst du? Er weiß, dass ich Julie heiße, aber wenn du mich fragst, ob ich einem Fünfjährigen meine Telefonnummer gegeben habe, als wir im offenen Meer getrieben sind, dann nein.«

»Seine Mutter wird dich also nicht finden können, um sich bei dir zu bedanken.«

»Wahrscheinlich nicht, es sei denn, sie bohrt wirklich nach. Und? Ich bin nicht ins Meer gesprungen, um eine Auszeichnung zu bekommen. Ich habe es getan, um Johnnie zu retten. Das ist es, worauf es ankommt. Er ist nur ein fünfjähriger Junge, der von seiner Neugier überwältigt wurde. Er hat vielleicht einen Fehler gemacht, aber er hat es nicht absichtlich getan.« Julie war leicht verärgert darüber, dass Wolf glaubte, sie würde von Johnnies Mutter Dank erwarten, bis sie das Lächeln auf seinem Gesicht sah. Sie sah zu Cookie hinüber, der ebenfalls lächelte.

Sie drehte sich zu Patrick um, nur um auf seinem Gesicht auch ein Lächeln zu sehen, das so breit war, wie sie es noch nie bei ihm gesehen hatte. »Worüber zum Teufel freut ihr euch so?«

»Du hast es nicht getan, um dafür ein Dankeschön zu bekommen. Du hast es getan, um ein Leben zu retten. War es das wert?«, fragte Cookie.

Langsam verstand Julie, worauf sie hinauswollten. »Ja«, hauchte sie, »es hat sich gelohnt.«

»Also, gern geschehen, Julie. Jetzt weißt du aus erster Hand, dass wir das nicht tun, um Dank dafür zu bekommen. Wir tun es, weil es getan werden muss. So wie du es heute getan hast.«

Sie ließ Cookies Worte wirken, aber Julie konnte es noch nicht ganz loslassen. Fast, aber noch nicht ganz. »Aber manchmal muss die Person, die gerettet wurde, Danke sagen können.«

»Dann sag es, damit wir es hinter uns haben und alle nach vorn schauen können.«

Julie lächelte. Sie konnte nicht sauer sein. »Danke, Cookie. Und danke, Wolf, dass ihr mich aus diesem Höllenloch befreit habt.«

»Und noch mal, gern geschehen. Sind wir jetzt fertig damit?«, fragte Wolf mit gespielter Ungeduld.

»Wir sind fertig.«

»Gut.«

»Entspann dich, Liebling«, flüsterte Patrick ihr ins Ohr, als er sie wieder an sich zog. »Du hattest einen harten Tag, erlaube mir jetzt, auf dich aufzupassen.«

»Ich denke, das kann ich tun.« Sie lächelte an Patricks Hals und ließ sich in seine Arme sinken. Es fühlte sich gut an. Sie war da, wo sie sein sollte, und es war ein verdammt guter Ort.

KAPITEL ZWÖLF

Julie versuchte, nicht zu hyperventilieren. Das Firmenpicknick war verschoben worden. Patrick wollte die unter seinem Kommando stehenden Menschen auf keinen Fall in Gefahr bringen. Die Ripströmung war zwar weg, aber niemand wollte ein Risiko eingehen, während ihre Familien einen Tag am Strand genossen.

Nachdem die Boote im Trainingsbereich von Coronado angekommen waren, hatte Patrick Julie in sein Büro geholfen, sie auf einen Stuhl gesetzt und ihr gesagt, dass er in zwei Minuten zurück sein würde, um sie nach Hause zu bringen. Er war seinem Wort treu geblieben. Er war zurückgekommen und, obwohl sie darauf bestanden hatte, dass sie gehen konnte, hatte er sie wortlos hochgehoben und in seine Wohnung gebracht.

Sie hatte geduscht und ein SEAL-T-Shirt sowie eine seiner Jogginghosen angezogen, die ihr viel zu groß war. Patrick hatte sie dazu gezwungen, eine ganze Flasche Wasser zu trinken, um den Flüssigkeitsverlust auszugleichen. Danach waren sie beide in sein Bett gekrochen, obwohl es erst siebzehn Uhr gewesen war.

Julie seufzte und erinnerte sich daran, wie sicher sie sich in Patricks Armen unter seiner Decke gefühlt hatte, in seiner Kleidung, ganz nahe bei ihm. Sie war schnell eingeschlafen und erst am nächsten Morgen wieder aufgewacht, als Patrick sie auf die Stirn geküsst hatte, bevor er aufgestanden war.

Anscheinend hatte ihr Gespräch mit Cookie und Wolf im Boot Patrick davon überzeugt, dass sie bereit dazu war, mit dem Rest des Teams – und mit Fiona – zu sprechen. Nach einer weiteren Dusche hatte er sie während des Frühstücks bei Joghurt und Bagels darüber informiert, dass er an diesem Morgen eine Teambesprechung anberaumt hatte.

Julie hatte versucht zu protestieren, aber Patrick hatte sie mit zwei Fragen gestoppt.

»Möchtest du mit mir zusammen sein? Willst du sehen, wohin das zwischen uns führen kann?«

Ihre Antwort war sofort ja gewesen.

»Dann müssen wir um zehn da sein, um uns mit den Männern zu treffen. Fiona kommt um halb elf.«

Jetzt war es so weit. Julie saß auf einem überraschend bequemen Stuhl in einem großen Besprechungsraum in Patricks Bürogebäude. Der Ledersessel quietschte ein wenig, als sie nervös darauf hin und her rutschte und versuchte, nicht auszuflippen oder schreiend aus dem Raum zu laufen. Aber das war es, was sie wollte. Deshalb hatte sie in Virginia überhaupt erst mit Stacey und Diesel gesprochen. Sie wollte die SEALs ausfindig machen. Sie wollte nach vorn schauen können.

Patrick saß neben ihr und sah in seiner Uniform fantastisch aus. Julie hatte es am Tag zuvor bei ihrer Rettung nicht richtig verstanden. Er war da, um sie zu unterstützen und dafür zu sorgen, dass seine Männer nichts sagten oder taten, was sie weiter verletzen würde. Er hatte ihr versprochen, dass das nicht passieren würde, aber trotzdem war er gekommen, um sie zu unterstützen.

Die Tür wurde geöffnet und Julie sah, wie Cookie, Wolf und vier andere Männer eintraten. Vier der Männer setzten sich an den Tisch, während Cookie und ein anderer Mann stehen blieben und sich an die Wand lehnten.

Julie redete nicht lange um den heißen Brei herum. Sie hatte entschieden, dass es für ihr schnell schlagendes Herz und ihre Psyche nicht förderlich wäre, es noch länger hinauszuzögern. Also kam sie gleich zur Sache.

»Danke, dass ihr nach Mexiko gekommen seid, um mich zu retten. Ich weiß, dass ihr es im Auftrag meines Vaters getan habt, aber ich weiß es trotzdem zu schätzen. Ich habe dieses Gespräch bereits mit Cookie und Wolf geführt und mir ist klar, dass ihr meinen Dank wahrscheinlich nicht braucht oder wollt, aber ich bin euch ehrlich dankbar. Ich weiß, dass es euer Job war und dass ihr dasselbe schon oft gemacht habt und wahrscheinlich noch viel öfter tun werdet, aber bitte seid euch gewiss, dass ich es mehr zu schätzen weiß, als ihr euch vorstellen könnt, auch wenn ich damals vielleicht unbeein-druckt aussah und mich wie ein egoistisches Kind verhalten habe.«

Julie wandte sich an Cookie: »Ich habe es gestern schon zu dir gesagt und ich werde es heute vor deinen Teamkollegen wiederholen. Es tut mir leid, wie ich mich verhalten habe. Ich hatte Angst und ich war verletzt. Das ist keine Entschuldigung, denn ich weiß, dass es Fiona noch viel schlimmer ging, und sie hat sich nicht so verhalten. Am meisten schäme ich mich dafür, dass ich dich dazu bringen wollte, aus dieser verdammten Hütte zu verschwinden, ohne dir zu sagen, dass noch jemand anderes da war.« Julie sah auf ihre Hände hinunter, die sie in ihrem Schoß unter dem Tisch verschränkt hatte. Mit den Fingernägeln bohrte sie in ihre Handflächen und versuchte, den Mut zu fassen, zu sagen, was sie sagen musste. Patrick legte seine Hand auf ihre und drückte sie, um sie wissen zu lassen, dass er für sie da war.

Sie sah Cookie in die Augen. »Es ändert nichts an dem, was passiert ist oder was ich gesagt oder getan habe, aber ich versuche, ein besserer Mensch zu sein.«

Cookie erlöste sie schließlich aus ihrem Elend. »Wie ich dir gestern gesagt habe, Julie, gern geschehen. Ich will nicht lügen. Du warst im Dschungel nicht der angenehmste Mensch und es ist mir schwergefallen, dir zu vergeben, dass ich Fiona fast zurückgelassen hätte. Aber sie ist nicht zurückgeblieben. Sie ist hier, sie lebt und es geht ihr gut. Ich brauche weder deinen Dank noch deine Entschuldigung, aber ich schätze es trotzdem.«

Julie sackte erleichtert zusammen. Sie hatten diese Unterhaltung zwar schon gestern im Boot geführt, aber dass er ihre Entschuldigung und ihren

Dank hier vor seinen Teamkollegen annahm, war etwas anderes. Es war offizieller. Sie nickte ihm dankbar zu.

Der andere Mann, der an der Wand lehnte, meldete sich ebenfalls zu Wort. »Ich bin Dude und du hast recht, Julie. Es ist kein Dank nötig, aber um ehrlich zu sein, ist es trotzdem schön, es ab und an zu hören.« Er kam zu ihr und streckte ihr die Hand entgegen. Julie gab ihm ihre Hand und war überrascht, als er sie in eine innige Umarmung vom Stuhl zog. »Ich bin froh, dass du dein Leben veränderst.«

Die anderen Männer kamen ebenfalls herüber und umarmten sie der Reihe nach. Jeder nahm ihren Dank auf persönliche Weise entgegen. Danach verließen sie den Raum. Schließlich war Cookie an der Reihe. Er legte seine Hände auf ihre Schultern und sah ihr in die Augen. »Bereit?«

Julie wusste, was er meinte. Sie nickte.

Er ging zur Tür, schaute hinaus und deutete auf jemanden. Fiona erschien in der Tür und Julie sah, wie Cookie ihre Hand ergriff und sie festhielt, als sie den Raum betrat. Cookie schloss die Tür hinter ihr.

Wieder wusste Julie, dass sie sofort loslegen musste, bevor sie den Mut verlor. »Es tut mir leid, dass ich so eine Hexe war, Fiona. Du hast da draußen nichts weiter getan, als zu versuchen, mir zu helfen. Du warst nachsichtig und obwohl du selbst gelitten hast, hast du trotzdem versucht, mich zu trösten. Ich habe dich missachtet und mich über dein Zählen lustig gemacht, und ich war sogar gierig nach deiner Essensration. Ich habe mit deiner Unsicherheit darüber gespielt, dass du nicht diejenige warst, der die Rettungsmission galt. Es ist unentschuldbar und es tut mir mehr leid, als du dir jemals vorstellen kannst.« Julie sprach schnell, als befürchtete sie, Fiona würde ihr das Wort abschneiden, bevor sie ausgeredet hatte.

»Entschuldigung angenommen«, sagte Fiona leichthin.

Julies Augen füllten sich mit Tränen und sie biss sich auf die Lippe und versuchte, sich zu beherrschen. Sie fühlte Patricks Hand an ihrem Rücken. Er streichelte und beruhigte sie.

Fiona fuhr fort: »Ich hatte nicht damit gerechnet, dich in diesem Laden zu treffen. Es war ein Schock für mich und ich wusste nicht, was ich denken oder fühlen sollte. Ich glaube, ich schulde dir eine Entschuldigung dafür, wie meine Freundinnen mit der Situation umgegangen sind.«

Julie wollte sie unterbrechen, aber Fiona hob die Hand. »Lass mich ausreden. Zu Carolines und

Alabamas Verteidigung muss ich sagen, dass ich einen Flashback hatte, nachdem ich aus Mexiko zurückgekehrt war. Ich dachte, ich wäre wieder dort und dass die Männer mich verfolgten. Niemand wusste, wo ich war, und meine Freundinnen sind total ausgeflippt. Ich weiß, sie haben befürchtet, dass unser Wiedersehen einen weiteren Flashback auslösen könnte. Sie wollten nur, dass ich in Sicherheit bin. Es ging ihnen nicht wirklich um dich, Julie.«

Julie schüttelte traurig den Kopf. »Aber sie wissen über mich Bescheid.«

Fiona nickte langsam. »Ja. Ich habe ihnen erzählt, was da unten passiert ist. Das machen Freundinnen so.«

Diesmal war es Julie, die nickte. »Ich weiß. Ich werde mich bei ihnen auch entschuldigen. Ich werde mich bei jedem entschuldigen, Fiona. Ich bewundere dich. Du hast so viel mehr durchgemacht als ich. Das hätte ich niemals geschafft.«

»Doch, das hättest du. Ich war so wie du, Julie. Genauso wie du. Anfangs war ich bereit und willens, alles zu tun, was sie sagten, damit sie aufhörten, mir wehzutun und mich hoffentlich gehen lassen würden. Aber nach und nach ist mir klar geworden, dass sie mich nicht gehen lassen würden, also habe ich angefangen, mich gegen sie zu wehren. Du wärst auch an diesen Punkt gekommen. Ich weiß es. Schau dich jetzt an. Du hast einen eisernen Willen. Du hast nicht nur Hunter und den anderen Männern getrotzt, sondern auch mir.«

Die beiden Frauen lächelten sich an. Julie wusste, dass sie niemals beste Freundinnen sein würden, aber vielleicht, und nur vielleicht, könnten sie es schaffen, so gut miteinander auszukommen, dass die alten Wunden nicht wieder aufgerissen würden, jedes Mal wenn sie sich sahen.

»Wäre es in Ordnung, wenn ich bald mal in deinem Geschäft vorbeischaue? Ich hatte gar keine Gelegenheit, mir all die großartigen Sachen anzusehen, die du dort hast. Caroline hat mir erzählt, wie toll es ist, nachdem sie das erste Mal bei dir war.«

»Na sicher. Wann immer du willst, ich bin da. Sag einfach Bescheid, selbst wenn es außerhalb der regulären Öffnungszeiten ist.«

»Und du spendest wirklich Kleider an Frauenhäuser und an Teenager, die sich keine Kleider für den Schulball oder Bewerbungsgespräche leisten können?«, fragte Fiona und klang etwas beeindruckt.

Julie nickte. »Ja. Es gefällt mir, die Blicke auf ihren Gesichtern zu sehen, wenn sie mit einem

Kleid von Vera Wang oder Gucci aus der Umkleidekabine kommen und sie sich offensichtlich fabelhaft fühlen.«

»Ich glaube, von der Hexe, die du im Dschungel gewesen bist, ist nicht mehr viel übrig geblieben.«

Julie lachte, sie war nicht im Geringsten beleidigt. »Hoffentlich. Ich versuche es.«

»Das machst du gut.«

»Danke, dass du mir die Möglichkeit gegeben hast, mich zu entschuldigen, Fiona. Wirklich.«

»Gern geschehen.«

»Sehen wir uns morgen, Hurt?«, fragte Cookie und schüttelte seinem Kommandanten die Hand.

»Null fünfhundert zum Training«, bestätigte Patrick.

Cookie nickte und verließ mit Fiona den Raum.

Julie fühlte, wie sie in Patricks Arme zurückgezogen wurde. Er schlang seine Arme von hinten um sie und zog sie an seine Brust. »Bist du okay?«

»Ja. Das war ...« Sie verstummte, unsicher, nach welchem Wort sie suchte.

»Erlösend?«

Das war so gut wie jedes andere Wort, um zu erklären, wie sie sich fühlte. Sie nickte und schmiegte ihre Wange an Patricks Schulter. »Danke, dass du das für mich arrangiert hast.«

»Gern geschehen. Deshalb hat Tex dich schließlich zu mir geschickt.«

Julie lachte. »Nur ein paar Monate später, als er erwartet hatte.«

»Stimmt. Bist du bereit zu gehen?«

»Ja, ich habe noch ein paar Sachen im Laden zu tun, die ich schon zu lange aufgeschoben habe. Die Leute, mit denen ich zusammenarbeite, sind gut, aber sie hassen die Verkaufsgespräche. Mein Vater hat sie eingestellt, weil sie gut in Marketing und Buchhaltung sind. Ich muss ein Treffen mit der Direktorin einer Frauenklinik vereinbaren und sehen, wer Vorstellungsgespräche hat und wo ich helfen kann.«

»Falls ich es dir noch nicht gesagt habe, du bist unglaublich.«

Julie drehte sich in Patricks Griff, froh darüber, dass er sie weiter festhielt, und sah ihn an. »Es fühlt sich gut an, Menschen zu helfen, anstatt sie herabzusetzen oder sich darüber lustig zu machen, was ihnen fehlt. Das habe ich in der Vergangenheit getan und ich schäme mich dafür.«

Anstatt auf ihre Worte zu antworten, fragte Patrick: »Kommst du heute Abend vorbei?«

Julie fand den Themenwechsel etwas bizarr, antwortete aber trotzdem bejahend.

»Gut. Ich habe es sehr genossen, dich letzte Nacht im Arm zu halten. Aber ich denke, es ist an der Zeit, unsere Beziehung auf die nächste Ebene zu bringen ... wenn du bereit dafür bist.«

Julie wusste genau, was Patrick meinte, und grinste ihn an. »Ich bin definitiv bereit, und das würde mir sehr gefallen.«

»Ich habe heute Nachmittag um vier einen Termin, aber danach fahre ich gleich nach Hause. Wann kannst du da sein?«

»Du bist wohl etwas aufgeregt, was?«, neckte Julie ihn.

»Auf jeden Fall. Du hast keine Ahnung, was heute Abend auf dich zukommt, Liebling. Ich träume schon so lange von deinem Körper unter meinem. Ich denke oft darüber nach, wie es sich anhört, wenn du für mich kommst. Ich kann es kaum erwarten. Und wie du gehört hast, habe ich morgen früh Training, also komm so schnell wie möglich zu mir. Ich habe nicht vor, viel Zeit mit Schlafen zu verschwenden.«

Julie wusste, dass sie ein dummes Grinsen auf dem Gesicht hatte, aber sie konnte nichts dagegen tun. »Ich werde um siebzehn Uhr da sein, okay?«

»Perfekt. Und so sehr ich dir jetzt die Seele aus dem Leib küssen will, ist es für den Kommandanten eines Navy SEAL-Teams nicht angemessen, bei der Arbeit jemandem das Gesicht abzulutschen. Also, um meinen Ruf nicht zu riskieren, mach dich jetzt auf den Weg. Wir sehen uns heute Abend.«

Julie nickte und zog sich widerwillig zurück. »Danke, dass du so bist, wie du bist, Patrick.«

Er nickte. »Los jetzt. Pass auf dich auf.«

Julie lächelte ihn an und ging zur Tür hinaus. Sie drehte sich nicht um, bis sie ihn nicht mehr sehen konnte. Das alberne Grinsen auf ihrem Gesicht behielt sie jedoch für den größten Teil des Tages.

KAPITEL DREIZEHN

Das Abendessen war köstlich. Das Geschirr war in der Spülmaschine und Julie trocknete ihre Hände am Geschirrtuch ab, das am Griff des Kühlschranks hing. Sie hatte sich umgedreht, um Patrick zu fragen, wobei sie sonst noch helfen könnte, als er sie plötzlich in die Luft hob. Sie kreischte und packte Patrick an den Schultern, als sie herumgeschleudert und mit dem Hintern auf dem Tisch abgesetzt wurde, an dem sie vor kaum zehn Minuten gegessen hatten.

»Patrick, was zum ...«

Er schnitt ihr die Worte ab, als er seine Lippen auf ihre legte und seine Zunge in ihren Mund schnellen ließ. Sie vergaß sofort, was sie sagen wollte. Sie legte ihre Beine um seine Hüften und ihre Hände auf seine Schultern, als sie sich für das bereit machte, was ihr bevorstand.

Patrick konnte nicht mehr warten. Während sie vor und während des Abendessens geplaudert hatten, hatte er sich noch beherrscht. Aber sie lachen zu sehen und einfach zu erleben, was für ein wundervoller Mensch sie war, hatte ihn die Kontrolle verlieren lassen.

Als er Julie in seiner Küche beobachtet hatte, wie sie glücklich dabei half, das Chaos zu beseitigen, das er bei der Zubereitung der Lasagne angerichtet hatte, hatte etwas klick gemacht.

Er brauchte sie. Jetzt.

Mit seinen Händen fuhr er über ihre Taille und bewunderte erneut, wie zart sie wirkte. Sie war winzig im Vergleich zu ihm, aber ihre Persönlichkeit glich ihre kleine Statur mehr als aus. Es fühlte sich an, als wäre sie dafür geschaffen worden, in seinen Armen zu sein. Patrick hob den Kopf, um ihr in die Augen zu schauen. »Bist du bereit dafür? Für mich?« Er wollte, dass sie hundertprozentig sicher war. Er wusste, was sie durchgemacht hatte, sie hatten darüber gesprochen. Sie hatte ihm versichert, dass sie keine Probleme mit dem Sex hatte, aber er musste sicher sein. Auf keinen Fall wollte er es riskieren, sie mehr zu traumatisieren, als sie es bereits war.

»Nimm mich, Patrick. Ich will dich.«

Das war alles, was er hören musste. Mit seinen Händen fuhr er zum Saum ihres Hemdes. Es hatte Knöpfe, aber es würde zu lange dauern, sich jetzt darum zu kümmern. Er zog es nach oben und Julie hob ihre Arme, um ihm zu helfen, es ihr über den Kopf zu ziehen. Patrick warf es hinter sich, ohne hinzusehen. Er hatte seine Lippen bereits ein Mal auf ihren Brüsten gehabt und konnte es kaum erwarten, wieder daran zu saugen. Aber er brauchte mehr. Er musste in ihr sein.

Er griff nach dem Knopf ihrer Hose, aber ihre Hände waren bereits da.

»Ich kümmere mich darum, zieh du deine Hose aus.« Julie klang atemlos und äußerst erregt.

Patrick gefiel ihre Denkweise. Er zog die Brieftasche aus seiner Hosentasche und nahm schnell das Kondom heraus, das er zuvor dort deponiert hatte, um es griffbereit zu haben. Er hielt die Verpackung mit den Zähnen fest, während er schnell den Knopf an seiner Jeans öffnete und den Reißverschluss herunterzog, ohne seine Augen von Julies Fingern abzuwenden, mit denen sie an ihrer eigenen Hose hantierte.

Schnell rollte Patrick das Kondom über seine Erektion und half Julie, ihre Jeans und ihr Höschen auszuziehen. Er gab ihr aber keine Chance, sie vollständig loszuwerden. Er legte seine Hand an ihre Spalte und stöhnte, als er sie bereits feucht vorfand. Seine andere Hand legte er auf ihren Bauch und war erstaunt, dass seine Hand sie fast von Hüftknochen zu Hüftknochen bedeckte.

»Gott, du bist so klein«, sagte er und machte sich zum ersten Mal Sorgen um ihre Größe im Vergleich zu seiner.

»Du wirst passen, Patrick«, beruhigte Julie ihn, legte die Hände hinter ihren Kopf und drückte den Rücken durch.

Bei ihrer verführerischen Pose musste er stöhnen. Er hielt sie fest, während er mit seinen Fingern über ihre Klitoris und ihre feuchten Lippen streichelte, ohne ihr zu geben, wonach sie so gierig verlangte. »Ich konnte beim Abendessen nur daran denken, dich auf diesen Tisch zu legen und dich so hart zu nehmen, dass du mich noch tagelang in dir fühlen würdest.«

»Worauf wartest du dann noch? Tu es!«, forderte Julie ungeduldig.

»Jetzt, wo ich dich da habe, wo ich dich haben wollte, habe ich beschlossen, es langsam angehen zu lassen und mir Zeit zu nehmen. Ich sollte dich in mein Schlafzimmer tragen und dich auf meinem Bett nehmen, so wie du es verdient hast. Aber wenn ich noch eine Sekunde länger warten muss, dich zu der Meinen zu machen, weiß ich nicht, was ich tun werde.«

»Fick mich, Patrick«, stöhnte Julie. »Bitte, um Gottes willen, hör auf, mich länger auf die Folter zu spannen, und nimm mich.«

Noch bevor das letzte Wort ihren Mund verlassen hatte, stützte Patrick sich mit einer Hand neben ihrer Hüfte auf den Tisch und führte mit der anderen Hand seinen Schwanz an ihre Öffnung.

Beide stöhnten, als er zum ersten Mal mit der Spitze seiner Erektion in sie eindrang.

»Oh Gott, Julie. Du bist so heiß und feucht.«

»Mehr, gib mir mehr!«

Patrick zog sich kurz zurück und drückte sich etwas weiter hinein als zuvor. »Langsam, Julie. Ich möchte, dass es langsam geht. Ich will dir nicht wehtun, aber ich will es auch genießen.« Er legte eine Hand an ihren Nacken und vergewisserte sich, dass sie ihm in die Augen sah. Mit ihren Händen umklammerte sie seine Taille und wimmerte leidenschaftlich unter ihm. Sie sah zu ihm auf und atmete schwer.

Er zog sich wieder ein Stück zurück und glitt noch etwas weiter in sie hinein, bevor er innehielt. »Ich liebe dich, Julie Lytle. Ich will für den Rest deines Lebens der einzige Mann sein, den du in dich eindringen lässt. Ich will dich vor allem und jedem beschützen, der versucht, dich zu verletzen, und ich will immer da sein, wenn du mich brauchst. Ich will dich auf meinem Tisch, auf der Couch, auf dem Küchentresen, in meiner Dusche und in meinem Bett ficken. Ich glaube nicht, dass ich jemals genug von dir bekommen werde.«

Ohne ihr Zeit zu geben zu antworten, schob Patrick sich vollständig in sie hinein. Er drückte seine Hüften gegen ihre und es gefiel ihm, wie sie sofort ihre Beine hob und um ihn legte. Ihre Reaktion zeigte ihm mehr als jemals zuvor, dass sie über das hinweg war, was ihr vor all diesen Monaten passiert war. Er spürte, wie ihre Jeans noch an ihrem Bein baumelte. Seine eigene Hose hing unter seinem Hintern. Er hatte sich nicht einmal die Zeit genommen, sein Hemd auszuziehen.

Aber selbst, wenn beide noch halb angezogen waren, fühlte Patrick sich nackter als jemals in seinem Leben zuvor, während er auf Julies Reaktion auf seine Worte wartete.

»Ja, Patrick. Ich liebe dich auch. Ich habe keine

Ahnung, wie ich das Glück haben konnte, mit dir zusammenzukommen, nach allem, was ich getan habe und wie ich in der Vergangenheit gewesen bin, aber ich werde darum kämpfen, um das zu behalten. *Dich* zu behalten.«

Patrick stöhnte, zog sich zurück und stieß hart in Julie hinein. Mit den Händen hielt er sich am Tisch neben ihr fest und balancierte seinen Körper über ihr. Er wollte es sanft und leicht halten. Er wollte sie beide langsam zum Orgasmus bringen, aber es sah nicht so aus, als würde das funktionieren. Oh, der Orgasmus würde passieren, aber anstatt sanft und leicht würde es hart und explosiv werden. Patrick konnte bereits spüren, wie es anfing, ihn zu überkommen.

Abrupt stellte er sich aufrecht und hielt sich an Julies Hüften fest, während er sie fester an sich zog. Sie lag immer noch mit dem Rücken auf dem Tisch, hob ihre Hüften jetzt aber so an, dass er noch tiefer in sie eindringen konnte. Er schlug einmal gegen sie, dann noch einmal.

»Oh ja, das fühlt sich großartig an«, stöhnte Julie und hielt sich mit den Händen auf beiden Seiten des kleinen quadratischen Tisches fest, um auf seine Stöße vorbereitet zu sein. »Noch mal, mach es noch mal, Patrick.«

Patrick schob seine Hand zwischen sie und presste mit seinem Daumen gegen ihre Klitoris, während er in ihren kleinen Körper hineinstieß. Er spürte, wie ihr Körper ihn fester umschloss, als er sich zurückzog, als wollte sie ihn nicht gehen lassen. Dann drückte er sich noch einmal durch ihre zuckenden Muskeln hindurch direkt ins Paradies.

Er hatte in seinem Leben viel Sex gehabt, aber Patrick konnte sich nicht erinnern, dass es jemals so intensiv gewesen war. Er fuhr schneller mit seinem Daumen über Julies Klitoris. »Komm schon, Liebling. Ich will sehen, wie du für mich explodierst. Ja, das ist es ... genau so. Oh ja.«

Patrick sah zu, wie Julie den Rücken vom Tisch hob, ihren Mund zu einem Stöhnen öffnete und wie sie unter seinem Griff zitterte. Sie presste ihre Hüften gegen seine, als ihr Orgasmus sie durchflutete. Er spürte, wie sich ihre Muskeln um seinen Schwanz anspannten und ihre Feuchtigkeit um seine Hoden floss, als er sie vor Ekstase gegen sie schlug.

Er wartete, bis sie sich von seinem Daumen zurückzog, den er weiter auf ihre Perle gedrückt hatte, um ihren Orgasmus zu verlängern. Schließlich hatte sie den Punkt erreicht, an dem es nicht mehr angenehm war, weil ihre Klitoris so empfindlich war.

Patrick legte beide Hände auf den Tisch und beugte sich über sie.

»Das war schön. Verdammt schön. Halte dich an mir fest. Pass auf, wie du mich ebenfalls zum Höhepunkt bringst.«

Patrick spürte, wie Julie mit den Händen unter sein Hemd rutschte und sich an seinen Hüften festklammerte.

»Ich werde dich jetzt hart nehmen. Bereit?«

»Oh ja. Tu es. Fick mich, Patrick.«

Es war, als hätten ihre Worte einen Schalter in ihm umgelegt. Er konnte sich nicht länger zurückhalten. Er schaute nach unten und sah, wie sein Schwanz in ihrem Körper verschwand, dann wieder auftauchte und wieder verschwand, als er in ihrem warmen Körper versank. »Ich komme ... oh Gott, Julie!« Patrick stieß noch zweimal hart zu und blieb tief in ihr, als er kam. Die Welt um ihn herum reduzierte sich nur noch auf Julie und das Gefühl von ihr unter ihm, als er sich tief in ihr ergoss.

Er kam wieder zu sich und öffnete die Augen, ohne bemerkt zu haben, dass er sie irgendwann geschlossen hatte. Julie lächelte ihn an. Beruhigend fuhr sie mit den Händen über seinen Oberkörper und wartete geduldig darauf, dass er wieder zur Besinnung kam.

»Heilige Scheiße«, flüsterte Patrick ehrfürchtig.

»Ich dachte, das ist mein Text«, neckte Julie.

Patrick beugte sich vor und packte Julie mit einer Hand um die Taille und mit der anderen hinter ihrem Rücken. Sie kreischte überrascht auf, als er sie scheinbar mühelos anhob.

»Festhalten.«

Sie tat, was er verlangte, und Patrick trug sie durch sein Haus ins Schlafzimmer und versuchte dabei, nicht über seine Hose zu stolpern, die ihm bis unter die Knie gerutscht war. Er hörte, wie Julie kicherte, als er fast stolperte. Er schaffte es bis in sein Schlafzimmer und blieb am Bett stehen.

»Nimm die Beine runter, Liebling.«

»Ich will dich noch nicht loslassen.«

Ihre Worte ließen sein Herz höherschlagen. »Leider kann ich nicht den Rest unseres Lebens mit meinem Schwanz in dir verbringen, so gut es sich auch anfühlt und so sehr ich es auch wollen würde. Ich muss mich um dieses Kondom kümmern und wir müssen diese verdammten Klamotten loswerden. Ich verspreche dir, dass ich sofort wieder in dir sein werde, sobald ich wieder bereit bin, Julie. Aber in der Zwischenzeit werde ich die Zeit nutzen, um jeden Zentimeter deines Körpers kennenzulernen, dich zu schmecken, dich zu lecken und dich zu der Meinen zu machen.«

»Ich gehöre dir, Patrick. Solange du mich willst.«

»Na dann ist gut, weil ich dich für immer will.«

Sie lockerte den Griff um seine Hüften und er zog sich zurück, sodass sie ihre Beine auf den Boden stellen konnte. »Ausziehen!«

Innerhalb weniger Sekunden hatte er das Kondom entsorgt, sich ausgezogen und es sich mit Julie auf seinem Bett bequem gemacht, beide nackt.

»Es tut mir leid, dass unser erstes Mal nicht besonders romantisch war«, entschuldigte Patrick sich reumütig. »Ich wollte, dass es romantisch wird, aber wie ich dir in der Küche gesagt habe ...«

Julie unterbrach ihn. »Es war perfekt. Es hat mir gefallen, dass du mich so sehr wolltest, dass du es nicht erwarten konntest.«

»Das ist gut, denn ich habe das Gefühl, dass es häufiger so sein wird.«

Julie grinste ihn nur an und sagte: »Also ... bezüglich der anderen Dinge, von denen du geredet hast, solltest du dich besser an die Arbeit machen ... fünf Uhr morgens wird schneller kommen, als uns lieb ist.«

Patrick salutierte zum Spaß und rutschte über

ihren Körper, wobei sie die Beine spreizte und er sich zwischen ihnen niederließ. »Zu Befehl, Ma'am. Was immer Sie verlangen.«

*

Schutz für Melody, Demnächst erhältlich!

BÜCHER VON SUSAN STOKER

SEALs of Protection

Schutz für Caroline

Schutz für Alabama

Schutz für Fiona

Die Hochzeit von Caroline

Schutz für Summer

Schutz für Cheyenne

Schutz für Jessyka

Schutz für Julie

Schutz für Melody (Demnächst erhältlich!)

Die Delta Force Heroes:

Die Rettung von Rayne (Buch Eins)

Die Rettung von Emily (Buch Zwei)

Die Rettung von Harley (Buch Drei)

Die Hochzeit von Emily (Buch Vier)

Die Rettung von Kassie (Buch Fünf)

Die Rettung von Bryn (Buch Sechs)

Die Rettung von Casey (Buch Sieben)

Die Rettung von Wendy (Buch Acht)

Die Rettung von Sadie (Buch Neun)

Die Rettung von Mary (Demnächst erhältlich!)

<u>Ace Security Reihe:</u>

Anspruch auf Grace

Anspruch auf Alexis

Anspruch auf Bailey (Demnächst erhältlich!)

Und auch die folgenden Bücher von Susan Stoker werden in Kürze auf Deutsch erhältlich sein:

*Aus der Reihe »**Die Delta Force Heroes**«:*

Die Rettung von Macie (Buch 10)

*Aus der Reihe »**SEALs of Protection**«:*

Protecting the Future (Buch 10)

Schutz für Kiera (Buch 11)

Protecting Alabama's Kids (Buch 12)

Schutz für Dakota (Buch 13)

<u>Ace Security Reihe:</u>

Anspruch auf Felicity (Buch 4)

Anspruch auf Sarah (Buch 5)

Auf Englisch:
Delta Force Heroes Series

Rescuing Rayne

Rescuing Aimee (novella)

Rescuing Emily

Rescuing Harley

Marrying Emily (novella)

Rescuing Kassie

Rescuing Bryn

Rescuing Casey

Rescuing Sadie (novella)

Rescuing Wendy

Rescuing Mary

Rescuing Macie (novella)

SEAL of Protection Series

Protecting Caroline

Protecting Alabama

Protecting Fiona

Marrying Caroline (novella)

Protecting Summer

Protecting Cheyenne
Protecting Jessyka
Protecting Julie (novella)
Protecting Melody
Protecting the Future
Protecting Kiera (novella)
Protecting Alabama's Kids (novella)
Protecting Dakota

SEAL of Protection: Legacy Series

Securing Caite
Securing Brenae (novella)
Securing Sidney
Securing Piper
Securing Zoey
Securing Avery
Securing Kalee (Sept 2020)
Securing Jane (Feb 2021)

SEAL Team Hawaii Series

Finding Elodie (Apr 2021)
Finding Lexie (Aug 2021)
Finding Kenna (Oct 2021)
Finding Monica (TBA)
Finding Carly (TBA)
Finding Ashlyn (TBA)

Delta Team Two Series

Shielding Gillian

Shielding Kinley

Shielding Aspen (Oct 2020)

Shielding Riley (Jan 2021)

Shielding Devyn (May 2021)

Shielding Ember (Sep 2021)

Shielding Sierra (TBA)

Badge of Honor: Texas Heroes Series

Justice for Mackenzie

Justice for Mickie

Justice for Corrie

Justice for Laine (novella)

Shelter for Elizabeth

Justice for Boone

Shelter for Adeline

Shelter for Sophie

Justice for Erin

Justice for Milena

Shelter for Blythe

Justice for Hope

Shelter for Quinn

Shelter for Koren

Shelter for Penelope

Ace Security Series

Claiming Grace

Claiming Alexis

Claiming Bailey

Claiming Felicity

Claiming Sarah

Mountain Mercenaries Series

Defending Allye

Defending Chloe

Defending Morgan

Defending Harlow

Defending Everly

Defending Zara

Defending Raven

Silverstone Series

Trusting Skylar (Dec 2020)

Trusting Taylor (Mar 2021)

Trusting Molly (July 2021)

Trusting Cassidy (Dec 2021)

BIOGRAFIE

Susan Stoker ist die New York Times, USA Today und Wall Street Journal Bestsellerautorin der Buchreihen »Badge of Honor: Texas Heroes«, »SEALs of Protection«, »Die Delta Force Heroes« und einigen mehr. Stoker ist mit einem pensionierten Unteroffizier der US-Armee verheiratet und hat in ihrem Leben schon überall in den Vereinigten Staaten gelebt – von Missouri über Kalifornien bis hin zu Colorado. Zurzeit nennt sie die Region unter dem großen Himmel von Tennessee ihr Zuhause. Sie glaubt ganz und gar an Happy Ends und hat großen Spaß daran, Geschichten zu schreiben, in denen Romantik zu Liebe wird.

Besuchen Sie Susan im Netz!
www.stokeraces.com
facebook.com/authorsusanstoker
twitter.com/Susan_Stoker
bookbub.com/authors/susan-stoker
instagram.com/authorsusanstoker
Email: Susan@StokerAces.com

www.ingramcontent.com/pod-product-compliance
Lightning Source LLC
Chambersburg PA
CBHW070545100726
47907CB00004B/1279